マドンナメイト文庫

# 双子の小さな女王様 禁断のプチSM遊戯

諸積直人

# 目次

contents

# 双子の小さな女王様

## 禁断のプチＳＭ遊戯

# 第一章　禁断の双子オナニー鑑賞

1

（二人とも、かわいいよな）

背後から姉妹の容貌をじっくり観察した水嶋達郎《みずしまたつろう》は、己の欲望を抑えられずに色めきたった。

鮫島里菜《さめじまりな》と美紗《みさ》の家庭教師を始めてから、およそ二週間。指導の最中に不埒《ふらち》な思いを抱いてしまうのは、彼女らが絶世の美少女だったこともある。

涼しげなアーモンド形の目、小さな鼻、花びらのような唇。ぽちゃっとした頬が愛くるしく、膨らみはじめた胸とスカートの裾から覗くむちっとした太腿が男心をときめかせた。

二人は一卵性の双子で、セミショートの美紗は明朗活発、ロングヘアの里菜は清楚でおとなしい印象を与えたが、髪型や雰囲気は違っていても、美少女ぶりは変わるはずもない。

「先生、この問題がわからないんだけど」

「あ、えっと……どこかな？」

我に返った達郎は、里菜の問いかけに平静を装った。

テキストを覗きこむと、小高いバストが目を射抜き、襟元から覗くきめの細かい肌にドキリとした。

二人の首筋から、砂糖菓子にも似た甘い芳香が漂ってくる。

達郎は欲情を悟られぬよう、股間を両手で覆ってから質問に答えていった。

(あぁ、やばい……ムラムラが止まらない。トイレで出しといたほうがいいかな)

家庭教師のバイトは母の紹介なので、下手な行動をとるわけにはいかない。

冷静さを取り戻そうにも、なぜか小学生時代に受けた女子からのいじめが頭に浮かび、股間の逸物がよりいっそう疼いた。

思春期の頃は女子のほうが発育がよく、小柄で気の弱い少年は何も言い返せずに彼女らの為すがままだった。

いじめっ子は女子ばかりで、そういう星の下に生まれてきたのかもしれない。悔しいと思う気持ちは隠せなかったが、腕力ではとても敵《かな》わないため、ただ耐えることしかできなかったのだ。

特に六年生の夏前、ズボンとパンツを下ろされ、女子らの好奇の眼差しを受けた経験は忘れられない。

あのときは屈辱感のほうが大きかったが、歳を重ねるごとに甘美な体験へと変わり、いまだに思いだしてはオナニーを繰り返している。

中学からは男子校に進学したため、女子との接点はいっさいなくなり、童貞はもちろん、異性との交際経験さえ一度もなかった。

(美紗ちゃんと里菜ちゃんは育ちのいい良家のお嬢様だし、あいつらとはタイプが違う。どう考えたって、あんなひどいことするわけないよな。あぁ、でも……)

ペニスが自然と体積を増し、ジーンズの中心部が小高いテントを張った。

美少女姉妹に迫られる妄想が脳裏をよぎり、鼻息が徐々に荒くなる。

美紗や里菜が六年生に進級し、あのときの少女らと同じ学齢を迎えたことが大きく影響しているのかもしれない。

すっかり盛りがついてしまったのか、達郎のペニスは萎える気配を少しも見せなかった。

二日後の水曜日、達郎は鮫島家に向かう途中、突然の夕立ちに見舞われた。

倉庫らしき建物の軒下で雨宿りしたものの、このままでは午後四時からの約束に遅れてしまう。

「仕方ない……小降りになったし、このまま行くか」

ハンカチで雨を避け、白亜の豪邸に向かって閑静な住宅街を駆け抜ける。

ヨーロピアン調の門扉《もんぴ》にたどりついた瞬間、雨足がさらに弱まり、達郎は思わず舌打ちした。

(何だよ……ついてないな)

空を見上げれば、雲の切れ間から太陽がうっすら顔を覗かせている。

憮然とした表情で門扉を開けたとたん、玄関扉が開き、スーツ姿の男性に続いて双子姉妹の母親、留美子《るみこ》が現れた。

「佐伯《さえき》さん、頼むわね」

「かしこまりました」

バツが悪そうに歩み寄り、照れ臭げに頭を掻く。

「こ、こんにちは」

「あら、やだ。達郎くん、あなたも傘を持ってなかったの？」

「え？」

「美紗と里菜も途中で降られちゃって、びしょ濡れで帰ってきたの。今、お風呂に入ってるわ」

「そうだったんですか」

達郎は玄関脇で立ち止まり、男性に向かって頭を軽く下げた。

「それじゃ、奥様。私はこれで。書類は社長に渡しておきますので」

「よろしくお願いいね」

どうやら、男は留美子の夫が経営する会社の部下らしい。三十代前半と思われる端正な顔立ちの彼は、門扉に向かって颯爽と歩いていった。

「さ、早く入って。リビングで待っててもらえる？」

「あ、はい」

玄関口から広いリビングに促され、しばし待ち受けると、留美子が大きなバスタオルを手に現れる。

「服は、大丈夫かしら」

「ええ、大丈夫です。どうも、すみません」

タオルを受け取り、濡れた髪を拭く最中、三十七歳の熟女は小さな吐息を放った。

「ホントにすごい雨だったわね。連絡してもらえれば、迎えにいったのに」

「あ、思いつきませんでした。遅刻したらいけないと、そればかり考えてて」

「ふふっ、真面目なのね。お母さんにそっくりだわ」

美しい人妻は自宅で月二回、フラワーアレンジメントの会を開いており、母も看護師として復職する二カ月前まで参加していた。

家庭教師のバイトは、留美子から母親を通して依頼されたのだ。

「やっぱり、達郎くんに家庭教師を頼んだのは正解だったわ。あの子たちも、集中力が増したみたいだし」

去年の秋口、達郎は自宅を訪れた彼女と一度だけ顔を合わせていた。

どうやら、かしこまって挨拶したときに好印象を与えたらしい。

照れ隠しに鼻をこすると、彼女は優しげな微笑をたたえた。

清潔感溢れるセミロングのボブヘア、温かみを宿した目、すっと通った鼻梁、そして薄くも厚くもない唇。品のいい顔立ちと振る舞いは育ちの良さをうかがわせ、まさにエレガントなセレブという表現がぴったりの女性だった。

（いつ見ても、きれいだよな。おふくろより四つ下か……同年代なんて、とても信じられないよ）

タオルで雨の雫を拭き終わった直後、上ずった声が耳朶を打つ。

「あら、やだ、もう四時だわ。あの子たち、まだお風呂に入ってるのかしら」

家庭教師は月水木の週三日、午後四時から七時までの三時間だ。教育熱心な留美子は、壁時計を見上げて顔色を変えた。

「あ、じゃ、ぼくは、部屋のほうで勉強する準備をしておきます」

「ええ、お願いね。私は、あの子たちの様子を見てきますから」

美熟女がリビングをあとにすると、達郎はデイパックを肩に担ぎ、廊下から二階への階段を昇っていった。

双子らしく、姉妹は同じ部屋を使用している。

ドアを開けると、甘酸っぱい匂いが鼻腔をくすぐり、薄桃色のカーテンとベッドカバーが目に映えた。

室内は二十畳ほどだろうか。ベランダ付きの子供部屋は陽の光がたっぷり射しこむ間取りで、勉強するには最適の環境に思えた。

（六畳の暗い俺の部屋とは、比べるまでもないよな。あぁ、金持ちの家に生まれたかったよ）

学習机に歩み寄り、デイパックを床に下ろしたところで想定外の光景に息を呑む。

右側のシングルベッドの脇に、ブラウスとスカートが置かれていたのだ。

「え、え？」

目を凝らして見つめると、布地全体が濡れている。

（こっちのベッドは、確か……美紗ちゃんが使ってるって言ってたよな）

妹はびしょ濡れの服を着ているのがいやで、この場で脱ぎ捨てたのかもしれない。

おそらく新しい衣服に着替えたか、バスタオルを身体に巻いて浴室に向かったのだろう。

「そうか、脱いだ服を持ってくの、忘れちゃったんだな」

細かいことにこだわらない、快活な性格の女の子らしい。

いったんは苦笑したものの、達郎は次の瞬間、ブラウスとスカートのあいだから覗く純白の布地に眉をひそめた。

（ま、まさか……）

小さなフリルが目を射抜き、心臓が拍動を打ちだす。

出入り口のドアに視線を向け、耳に全神経を集中させたが、姉妹や留美子が階段を昇ってくる気配は伝わらない。

(よ、よせよ……何を考えてんだ)

自分自身を戒めても、一度芽生えた好奇心は収まらず、達郎は真剣な表情でベッドに歩み寄った。

顔がカッカッと火照りだし、牡器官がジーンスの下で小躍りする。身を屈めて手を伸ばし、布地を引っ張りあげれば、それは紛れもなくパンティだった。

「あ、あ……」

赤いリボンをあしらった水玉模様のコットン生地が、燦々《さんさん》とした輝きを放つ。

雨が下着にまで染みているとは思えなかったが、全体が湿り気を帯びているような気もする。

「はあはあ」

達郎は荒い息を吐きながら、出入り口に再び険しい視線を振った。

手の中の布地は、たった今まで美少女の下腹部を包みこんでいたのだ。

クロッチはどうなっているのか、どんな匂いを発しているのか。

性獣モードに突入した青年の頭に、もはや理性やモラルは残っていない。

達郎は生唾を飲みこむと、基底部を外側から押しあげ、禁断の裏地を剝きだしにさせた。

## 2

「お、おおっ」

クロッチに刻印されたハート形のシミ、中央に走るレモンイエローの縦筋に目を見張る。周囲には白い粉状の恥垢《ちこう》がへばりつき、所々にライトブラウンの分泌液とカピカピに乾いた粘液の跡が付着していた。

(女の子の下着って……こんなに汚れるんだ)

生まれて初めて目にした使用済みのパンティに大きな衝撃を受け、同時に堪えきれない性衝動が込みあげる。

「あ、あ」

海綿体に大量の血液がなだれこみ、ジーンズ越しのペニスがすかさず隆起した。下腹部全体が激しいムラムラに包まれ、煮え滾《たぎ》る欲望を抑えられない。

クロッチに鼻を近づければ、柑橘系の芳香に続いてツンとした刺激臭が香り立ち、男根が条件反射のごとくいなないた。

（はぁ……すごい匂い）

クリームチーズを溶かし入れたような匂いは、紛れもなく少女の陰部から放たれたものなのだ。

「はあはあはあっ」

鼻息を荒らげた達郎はもう一度出入り口を確認し、ジーンズのポケットからハンカチを取りだした。

この昂奮度なら、あっという間に射精を迎えてしまうのではないか。

まがまがしい欲望に衝き動かされ、放出までの段取りを即座に決める。

（ザーメンをハンカチで受けとめて、デイパックの中に隠しておけば、バレることはないよな）

そう判断した青年はジーンズのホックを外し、紺色の布地をトランクスごと引き下ろした。

いきり勃つ怒張がビンと弾けだし、宝冠部が天井を睨みつける。

パンパンに張りつめた亀頭、コブのように突き出た静脈。包皮を半分だけ被ったペニスは臨戦態勢を整え、よほど昂奮しているのか、鈴割れには早くも我慢汁が滲んでいた。

「ああ、ああ」

目が虚ろと化し、背徳的な状況に背中がゾクゾクしだす。

達郎は亀頭にハンカチを被せ、汚れたクロッチを鼻先にゆっくり寄せていった。

（おふっ！）

甘酸っぱい恥臭に続いて、乳酪臭が鼻の奥に粘りつき、交感神経が高みに追いやられる。

（あ、あ、美紗ちゃんの……おマ×コの匂いだ）

美少女の局部から放たれた香気を胸いっぱいに吸いこみ、ハンカチ越しの肉棒をしごきたてれば、目が眩《くら》むほどの快感が股間から脳天を突っ走った。

「おお、おおっ」

いたいけな秘園に鼻を押しつけているような錯覚に陥り、射精願望がうなぎのぼりに上昇する。

三十秒と経たずにペニスは脈動を打ちだし、腰部が甘ったるい感覚に見舞われた。

（はふぅ……すぐにイッちゃうかも）

鼻の穴を広げて淫臭をクンクンと嗅ぎまくり、汚れた箇所に舌を這わせて味覚まで味わう。

ショウガにも似たピリリとした刺激が舌先に走った直後、睾丸の中の精液が荒れ狂い、射出口を断続的にノックした。

意識せずとも内股になり、肉胴をしごく手に力が込められる。緊張感とスリルが拍車をかけ、全身の細胞が歓喜の渦に巻きこまれる。

性の悦びにどっぷり浸りつつ、この機会を与えてくれた神様に感謝したいくらいだった。

「あ、あ、も、もう……」

瞼の裏で白い光が明滅《めいめつ》し、臀部と太腿の筋肉が痙攣しだす。

「ぬ、イックっ」

悦楽の高波がどっと打ち寄せた瞬間、階段を駆け足で昇ってくる音が聞こえ、背中を伝う汗が瞬時にして冷えた。

(え……う、嘘っ!?)

軽やかな足音から察すれば、美紗か、それとも里菜か。

使用済みのパンティを鼻に押しつけ、下腹部を露《あらわ》にして自慰に耽っているのだから、破廉恥な姿を小学生の女の子に見られるわけにはいかない。

（あ、あ、どうしよう！）

パニック状態に陥った達郎は、とりあえず露出した勃起を隠しにかかった。

肉棒から手を離せば、ハンカチが床にふわりと落ち、慌ててジーンズとトランクスを引き上げる。

チャックを半分だけ閉めたところで、左手の中にあるパンティに気がつき、全身の毛穴がいっせいに開いた。

（い、いけね！　こっちも、元に戻しておかないと）

水玉模様の布地をベッド脇に投げようとした刹那、ドアノブがくるりと回り、達郎は絶体絶命の危機にひんした。

下着を後ろ手で隠し、下腹部を見下ろせば、シャツの裾がウエストからはみ出している。しかも尻の上部がやたらスースーし、まともにジーンズを穿けているとは思えなかった。

（や、やばいっ！）

目を大きく見開いた直後、扉が開き、憤然とした顔の美紗が姿を現す。

彼女はすでに部屋着に着替えており、やはり脱ぎ捨てた衣服を持っていくのを忘れていたのだろう。思いだして、慌てて戻ってきたという感じだった。

少女は室内に駆けこみ、達郎の目の前でベッド脇を覗きこむ。そして、射抜くような視線を向けてきた。

「先生、何してたの？」

「な、何って……べ、勉強の準備だよ」

少女の怒った顔は初めて目にするもので、愛くるしさにゾクリとする一方、切迫した状況に脂汗が額から滴り落ちる。

やがて美紗は、後ろに回した手を不審に思ったのか、核心を突いてきた。

「何を隠してるの？」

「い、いや、何も」

「見せて」

彼女は背後に回りこもうとするも、身体をひねって悪あがきする。強い力で腕を摑まれたとたん、達郎は泣きそうな顔で天を仰いだ。

（ああ、もうだめだっ）

破滅の二文字が脳裏をよぎり、恐怖と羞恥に身が竦《すく》む。

「やっ、私のパンティじゃない」

美紗は下着を奪い取るや、スカートのポケットに突っこみ、目尻を吊り上げてねめつけた。

「あ、あの、それは、つまり……」

舌がもつれ、まともな言葉が口をついて出てこない。

達郎は無理にでも気持ちを落ち着かせ、保身をするべく言い訳を取り繕った。

「べ、別に変なことしてたわけじゃないよ。服が脱ぎ捨てられていたから、きれいに畳んであげようと思っただけなんだ」

「……ホントに？」

「も、もちろんだよ。たまたま下着を手にしたとき、美紗ちゃんが入ってきただけだから。誤解しないでね」

未熟で純粋な少女なら、何とかごまかせるかもしれない。

都合のいい思いつきに縋《すが》ったのも束の間、取って付けたような釈明が通用するわけもなかった。

「……て、そんな話、信用するわけないでしょ。第一、やましいことがないなら、慌てて隠す必要ないじゃない」

「いや、それは、つい条件反射で……」

「服を畳むだけならまだわかるけど、女の子の下着に触るなんてありえないもん」

「だから、つまり、あの……」

八歳も年下の女の子に咎《とが》められ、あまりの情けなさに涙が込みあげる。

「何をしてたの？」

「……え？」

「私のパンティで、何をしてたの？」

果たして、性に対しての知識はどれほどあるのか。

普通の十二歳の女子なら、セックスや自慰行為の存在ぐらいは知っていても不思議ではないのだが……。

（だとしたら、すべてバレてるのかも）

脂汗をだらだら垂らすなか、達郎はさらなる窮地に追いこまれた。

部屋の出入り口に、これまた部屋着姿の里菜が現れたのである。

「先生、ごめんなさい。髪を乾かすのに時間がかかって……どうしたの？」

すぐに異様な気配を察したのか、控えめな性格の姉は怪訝《けげん》な顔で立ち尽くす。

「ママは？」

「買い物に行ったよ」

「部屋に入って、鍵をかけて」

「鍵って……」

「早く」

里菜は扉を閉めるや、言われるがまま内鍵を閉め、ためらいがちに歩み寄った。

「先生、私のパンティを盗もうとしてたの」

「えっ⁉」

妹がこちらを睨みつけたまま告げると、姉は声をあげて目を丸くした。

「それで今、とっちめてるの」

「……嘘」

「ホントだよ。はっきり見たんだから」

「先生、本当なんですか？」

里菜は一瞬にして気色ばみ、侮蔑の眼差しを向ける。

「ち、違うよ。服を畳んであげようとしたら、下着が落ちてきて、ちょうど拾ってるところを見られちゃったんだ」

「美紗、下着まで脱いじゃったの？」

「仕方ないでしょ。雨がパンティまで染みて、気持ち悪かったんだから。早く着替えたかったの！」

脱いだ衣服を置き忘れてしまったことを後悔しているのだろう。美紗は唇を噛んで悔しがった。

「盗むなんて、そんなバカなことするわけないよ」

「まだとぼける気?」

「とぼけるなんて……ただの誤解なんだから」

何としてでも、偶発的な出来事にして逃げ切りたい。

懸命に申し開きをするなか、美紗は別の視点から攻めてきた。

「里菜、おかしいと思わない?」

「な、何が?」

「先生の恰好。ズボン、よく見てみて」

心臓がドキリとし、背筋が凍りつく。妹の言うとおり、ジーンズの状態は明らかにおかしかった。

ホックは外れたまま、チャックも半分開いているのだ。

里菜は達郎の背後に首を伸ばし、シャツの裾を素早くたくし上げた。

「あ、ちょっ……」

慌てて制そうとしても、時すでに遅し。姉は目を大きく見開き、甲高い声を張りあげた。

「やだ、お尻が出てる！」

「絶対におかしいでしょ？」

「……うん。おかしい」

完全に逃げ道を塞がれ、顔から血の気が失せていった。

もはや言い訳は頭に浮かばず、この世のものとは思えぬ戦慄が総身を粟立たせる。

（ど、どうしよう。土下座して、謝ったほうがいいのかも）

逡巡《しゅんじゅん》する最中も、二人の美少女は追及の手を決して緩めなかった。

3

「先生、盗むつもりはないって言いましたよね？」

「う、うん……それはホントのことだよ」

「じゃ、何をしてたんですか？」

里菜が姉らしく、はっきりした口調で詰問するも、自慰行為をしていたとはどうしても言えない。

今度は美紗が床からハンカチを拾いあげ、鋭い視線を投げかける。

「何、これ？　先生のだよね？」

「う、うん」

「どうして、ここに落ちてんの？」

「そ、それは……」

男の密かな楽しみに気づいたのか、姉妹は顔を見合わせ、何とも気まずげな表情に変わった。

「すべて正直に白状しないと、ママに言うから」

「ひっ⁉」

留美子に知られれば、家庭教師はクビになり、当然のことながら母の耳にも入る。

最悪の展開が頭にチラついた瞬間、達郎はついに観念した。

「ご、ごめんなさい。つい魔が差して！」

その場で膝をつき、額を床にこすりつけて謝罪する。それでも美紗は納得せず、呆れぎみの口調で非難した。

「いやらしいこと……してたんだ」

「い、いや……」

「私たちの部屋で、私のパンティ使って」

「あ、あの……」

「最低」

二人が同時に言い放ち、羞恥心から全身の血が逆流する。

それにしても、純真無垢だと思われた姉妹に自慰行為の知識があったとは……。

やはりこの年代の女の子は、男子より圧倒的にませているのかもしれない。

果たして、彼女らはどうするつもりなのだろう。

達郎は土下座したまま、肩を小さく震わせるばかりだった。

「里菜、どう思う？」

「私だったら、絶対に許せない。下着を見られるなんて、死ぬほど恥ずかしいことだから」

「私だって、そうだよ。このままじゃ、収まりがつかないもん」

「やっぱり、ママに言ったほうが……」

「ひぃ！　それだけは許してくださいっ！」

今の自分は、まさにまな板の鯉と同じなのだ。

一オクターブも高い声で許しを請えば、しばしの間を置いたあと、頭上からやけに柔らかい声が聞こえてきた。

「先生、立って」

「……は？」

恐るおそる顔を上げるも、憮然とした姉妹の表情は変わらない。

「早く立って」

「は、はい」

美紗に促されて立ち上がると、予想外の言葉が耳に飛びこんだ。

「私たちの前で、やってみせて」

「え……何を？」

「先生がしようとしてたこと」

天真爛漫な妹はそう告げたあと、初めて相好《そうごう》を崩した。

「そ、そんな……」

「私も恥ずかしい思いをしたんだから、先生にも同じ思いをしてもらうの」

「ちょっ……美紗」

「いいの！　ここは私の好きなようにさせて」

クラスメートの女子にペニスを晒した出来事を思いだし、股間の逸物がピクリと反応する。それでも彼女らの前で、自ら性器を露出することはできそうになかった。

「う、嘘でしょ？」

「嘘じゃないよ。そうでもしなきゃ、気持ちが収まらないんだから」

里菜は困惑げな顔をしていたが、それ以上咎めることなく様子を見守っている。

一卵性双生児だけに、妹の心情は手に取るようにわかるのかもしれない。

美紗は回転椅子を二脚引っ張りだし、ひとつを里菜に与え、腰を落として身を乗りだした。

「あ、あ」

姉もためらいがちに続き、美少女二人の視線が両脇から注がれる。

「さ、早く見せて」

美紗に促された達郎は、口の中に溜まった唾を飲みこんでから問いかけた。

「ははっ、冗談、冗談だよね？」

「冗談なんかじゃないよ。もし拒否するんなら……」

「わかった、わかりました。その代わり、今日のことは誰にも秘密だよ。もしバレたら、先生、淫行罪で警察に捕まっちゃうかもしれないんだから」

「うん、内緒にする。ね、里菜」

「誰にも言えないわ。こんなこと……」

里菜はたしなめもせず、いつの間にか股間の中心に熱い視線を投げかけていた。

(マ、マジかよ)

姉も頼みの綱にはなれず、このまま男性器を晒さなければならないのか。

またもや小学生時代の体験が甦るも、心境はあのときと今では大きく違う。

屈辱感に取って代わって性的な昂奮が脳裏を占め、恐怖心から萎えかけていたペニスはジーンズの下でグングン膨張していった。

(あ、あぁ……鎮まれ、鎮まれぇ!)

必死の自制を試みるも、性欲のスイッチが入ってしまったのか、もはや自分の意思ではどうにもならない。

ズボンの中心がこんもりしだし、達郎は腰をやや引いて隆起をごまかした。

「あ、あの……お母さんは大丈夫かな？　帰ってきて、部屋の鍵がかかってたら、不審に思うんじゃない？」

「大丈夫。玄関口はこの部屋の真下だし、帰ってきたら音でわかるよ。それに五時の休憩時間以外に、ママが入ってきたことはこれまで一度もないでしょ？　鍵は、万が一のためにかけただけだから」

「ママはおやつを買いに行っただけだから、すぐに帰ってくると思うよ」

「そ、そう」

美紗と里菜は交互にプレッシャーを与え、八歳年上の青年をのっぴきならぬ状況に追い詰める。

(覚悟を決めるしかないのかよ。勃起したチ×ポを見せるなんて……あぁ)

羞恥に身が裂かれそうになるも、逆に牡の欲望は上昇のベクトルを描いていく。

達郎は仕方なくチャックを下ろし、シャツの裾をたくし上げた。

姉妹はさらに身を乗りだし、真剣な表情で股間を注視する。

二人の顔まで、およそ三十センチ。熱い眼差しが下腹部に絡みつき、怒張はますますいきり勃つばかりだ。

ズボンの上縁に片手を添え、トランクスごとゆっくり引き下ろす。

次の瞬間、狭苦しい空間に押しこめられていた肉筒は反動をつけて跳ね上がった。

おどろおどろしい肉の塊が下腹をバチーンと叩き、強靱な芯の入った強ばりを誇らしげに見せつける。

「きゃっ」

姉妹は同時に小さな悲鳴をあげ、身を起こしながら口元を両手で覆った。

（や、やっちまった）

宝冠部はパンパンに張り詰め、胴体には葉脈状の青筋が無数に浮き出ている。

ついに、欲情した姿をいたいけな少女らに晒してしまったのだ。狂おしげに口元を歪めるも、動悸は収まらず、全身の血が沸々と煮え滾った。

沈黙の時間が流れるあいだ、いたたまれなさから顔を背けて苦悶する。

果たして、彼女らはどんな反応を見せているのだろう。

気にはなったが、汗臭い匂いが股間から立ちのぼり、どうしても顔を真正面に向けられない。

やがて鈴を転がしたような声が聞こえ、ふたつの肉玉がキュンと吊り上がった。

「やぁン、おっきい。里菜、見て……コチコチだよ」

「すごい……張り裂けそう」

薄目を開けて様子を探れば、姉妹は顔をペニスの間際まで近づける。

「先生、痛くないの？」

「え？　い、いや、痛くはないけど」

美紗の問いかけに答えつつ視線を眼下に戻せば、かぐわしい息が股間にまとわりつき、怒張がビンビンしなった。

「パパのと違うね」

「言われてみれば……先生の、キノコみたい」

達郎のペニスは仮性包茎で、包皮が亀頭を半分だけ覆っている。

顔を耳たぶまで真っ赤にする一方、二人の美少女に男性器を観察されているというシチュエーションに胸が高鳴った。

「はあはあはあ」

「先生、これって剝けるの？」

「う、うん、剝けるよ」

里菜の質問に上ずった声で答えた直後、鈴口から前触れ液がじわりと滲みだした。

「あ……先っぽから、なんか出てきた。先生、これ何？」

「そ、それは……」

どう説明したらいいのか、考えがまとまらず、荒い息だけが放たれる。思わず身をよじった直後、美紗の口からまたもや想定外の言葉が飛びだした。

「精子？」

心臓がドキンとし、肛門括約筋がひくつく。尿管から精液が排出することを、彼女はすでに知っているのだ。

いったい、どこから知識を得たのだろう。友だちか、それともインターネットのサイトか。

どちらにしても、育ちのいいお嬢様はこちらの想像以上に早熟らしい。全身が火の玉のごとく燃えさかり、達郎はやや内股ぎみの体勢から膝をわななかせた。

「先生、昂奮してるんだ？　いやらしい……私のパンティで何しようとしてたのか、全部わかってるんだからね」

「ああ、ああ」

熱病患者さながら頭が朦朧とし、言葉が喉の奥から出てこない。

奥歯をギリリと噛みしめた瞬間、左サイドから小さな手がすっと差しだされ、達郎は心の中であっという声をあげた。

4

「血管がぶくって膨れてる。今にも破裂しそう」

里菜はそう言いながら、人差し指を青筋にツツッと這わせる。牡の欲望が深奥部から逆巻くように込みあげ、硬直の肉棒がビクンと脈を打った。

「ぬ、ぐぅっ」

「きゃン、何？」

ペニスが前後にしなり、丹田《たんでん》に力を込めて射精欲求を堪える。何とか放出を自制した達郎は、涙目で大きな息を吐いた。

「はあぁぁっ」

「おチ×チンが、メトロノームみたいに揺れてる。先生、里菜に触られて、そんなに気持ちよかったの？」

「はあはあっ」

美紗が負けじとばかりに逆サイドから手を伸ばし、今度は人差し指と親指で亀頭冠をキュッとつまむ。

「お、お、おおっ」

尿管が絞られ、鈴口から我慢汁がつららのように滴った。

「やぁン、きったなぁい。里菜、何か敷くもの！」

「えっ！　そんな急に言われても」

姉はあたりを見回し、席を立ってチェストに走り寄る。ハンドタオルを手に取って返すも、先走りは寸でのところで床に垂れ落ちた。

「ちょっと、先生、どうすんのよ！」

「はっ、はっ、ご、ごめんなさい」

泣きそうな顔で謝罪しても、美少女姉妹はキッと睨みつける。

怒った表情がこれまた愛くるしく、胸の奥が締めつけられるたびに透明な粘液はとどまることを知らずに溢れ出た。

「やだ……汚い汁が、また垂れてきた」

昂奮のボルテージはレッドゾーンに飛びこんだまま、もはや雨が降ろうが槍が降ろうが収まらない。

里菜がペニスの真下にタオルを敷き、再び椅子に腰かけると、美紗は上目遣いに唇を尖らせた。

「どう責任を取るつもり？」

「せ、責任って……」

「床を汚したこと」

「ちゃ、ちゃんと掃除します」

「掃除しただけじゃ、納得できないんだから」

「やぁンっ」

「もっと厳しい罰を与えたほうがいいかも」

姉がニコリともせずに提案し、期待と不安に胸が打ち震える。

「……だよね。どんな罰がいいかな」

「おチ×チンの皮、剝いてみようよ」

達郎は臀部の筋肉を引き締めて荒ぶる淫情を押し殺した。

可憐な唇のあいだから男性器の俗称が放たれた瞬間、快感電流が背筋を駆け抜け、おとなしそうな顔をして、何ということを口走るのか。

分水嶺《ぶんすいれい》は期待感へと溢れ出し、その瞬間を今か今かと待ち受ける。

「うん、面白そう。やってみる」

美紗は口を引き結び、先端を見つめながら指先に力を込めた。

「あ、あ、あ」

包皮が剝き下ろされ、先端にピリリとした疼痛《とうつう》が走る。

いつもなら労せずして剝けるのだが、男根が臨界点まで膨張しているのか、皮は雁《かり》首《くび》にとどまったまま反転しない。

まさか、小学生の女の子に包茎矯正されようとは思ってもいなかった。

(ゆ、夢を見てるんじゃないよな)

淫猥な光景に神経が研ぎ澄まされ、瞬きをすることすらままならない。ひたすら肩で息をするなか、美紗が鼻にかかった声を洩らした。

「あぁン、なかなか剝けない。どうなってんの」

「皮が張りついてんのかな」

今度は里菜が手を伸ばし、肉胴をキュッと握りこむ。

「おっ、おっ」

柔らかい指腹の感触に陶然とした直後、姉は力任せに包皮を根元に向かって引っ張った。

「どう?」

「あ、剝けそうだよ」

「ぬ、ぐっ!」

眉間に皺を寄せて身悶え、両足をプルプル震わせる。やがて生白い皮が雁首で翻転し、丸々とした亀頭がその全貌を現した。

「きゃン、剝けた」

美紗の声が高らかに響いたところで、目尻を下げて唇をひん曲げる。

もはや、限界だった。

使用済みのパンティに欲望をぶつけ、二人の美少女にペニスを弄《もてあそ》ばれたうえに包皮まで剝かれたのだ。

童貞青年が峻烈《しゅんれつ》な刺激の連続に耐えられるはずもなく、剛槍が派手にいななく。

青筋がドクンと脈打った瞬間、先端の切れこみからおびただしい量のザーメンがほとばしった。

「やっ⁉」

「きゃあぁぁっ」

濃厚なエキスが速射砲のごとく跳ね飛び、タオルを飛び越えてフローリングの床に着弾する。

もちろん、性欲溢れる若者の放出は一度限りでは終わらない。

腰部の奥で心地いい鈍痛感が走るたびに、白濁の樹液はポンプで吸いあげられるように輸精管をひた走った。

美少女姉妹はペニスを握りこんだまま、迫力に満ちた射精に茫然自失している。

まさに、脳神経が焼き切れるのではないかと思えるほどの快感だった。

全身が浮遊感に包まれ、このまま天国に舞い昇りそうな感覚に酔いしれた。

「お、おおっ」

獣じみた唸り声をあげ、至高の放出に全神経を注ぎこむ。

七回目の放出を迎えたあと、達郎は白目を剝いて膝から崩れ落ちていった。

あたり一面に栗の花の香りが立ちこめ、今は何も考えられない。

「……すごい」

「床がベトベト」

姉妹の声を遠くに聞きながら、達郎は恍惚の表情で全身をひくつかせていた。

# 第二章　破瓜に震える未熟な肉芽

## 1

翌日の木曜日、達郎が鮫島家を訪れると、部屋で待ち受けていたのは里菜だけだった。

留美子の話では、美紗は夜になってから熱を出し、別室で寝こんでいるらしい。妹は脱いだ服を部屋に置き忘れたことを思いだし、髪をよく乾かさないまま浴室を飛びだしたようだ。

事情を知らない留美子は、訪問したときからおかんむり状態だった。

「ホントにごめんなさいね。そういうわけで、今日は里菜だけお願いできるかしら」

「は、はい、わかりました」

平常心を保ちながら答えるも、母親の顔を真っすぐ見られない。

昨日、この場所で下腹部を露出し、彼女の娘らの前で精液を放出してしまったのだから……。

「達郎くんには、本当に感謝してるのよ。先週の小テストは二人とも満点で、主人ともども、達郎くんに頼んでよかったって言ってるんだから」

「はあ」

家庭教師を始めた当初は期待に応えなければと、達郎も必死だったが、今後はモチベーションを維持できるか自信がなかった。

里菜はすでに机に向かい、テキストとノートを開いている。

果たして、このあとはどんな展開が待ち受けているのか。

今は勉強を教えることより、淫らな期待感のほうが圧倒的に勝っていた。

「ところで、達郎くん。ゴールデンウィークは、何か予定が入ってるのかしら」

「……は？」

「実は別荘に行く予定なんだけど、できればいっしょに来て、この子たちの勉強を見てほしいの」

「別荘ですか？」

「勉強は午前中だけで、午後はのんびりしてもらってけっこうよ。期間は、五月一日から五日までなんだけど」

Ｋ市にある別荘の話は、姉妹から聞いたことがある。写真を見せられたときは、広い敷地と洒落た洋館に感嘆の溜め息を洩らしたものだ。

「予定はないです」

「じゃ、申し訳ないけど、つき合ってくれるかしら。もちろん、バイト料は弾むわ」

「行きますっ！　ぜひ行かせてください!!」

豪華な別荘で過ごす休暇を想像しただけで、心がウキウキ弾む。ふたつ返事でオーケーすると、清廉《せいれん》なセレブはにっこりしてから娘に視線を振った。

「お茶菓子はリビングに用意してあるから、里菜ちゃんが取りにきてね。ママ、これからフラワーアレンジメントの会があるから」

「うん、わかった」

「それじゃ、達郎くん。よろしくお願いね」

「はい、わかりました」

留美子が部屋をあとにしても、うれしさは隠せない。

(あの別荘に泊まれるなんて、こりゃ楽しみだな)

口元をニヤつかせたあと、我に返った達郎は気まずげな表情で里菜に歩み寄った。

つぶらな瞳が向けられ、またもや昨日の出来事が頭に浮かぶ。

ペニスを触られた感触を思いだし、股間の逸物がいやが上にも反応した。

「美紗ちゃんの具合は……どうなの?」

「今日は学校休んで、ママとお医者さんに行ったみたい。風邪の初期症状だって。お薬を飲んだみたいで、さっき様子を見にいったら、ぐっすり寝てた」

「そう、大事にならなくてよかった」

美紗が熱を出したのは、達郎にも少なからず責任がある。

申し訳なさそうに目を伏せると、里菜は無邪気に顔を輝かせた。

「先生、いっしょに行ってくれるんだ?」

「え? あ、うん。でも、いいのかな。他人の俺がついてくなんて。里菜ちゃん、迷惑じゃないの?」

「そんなことないよ。美紗も賛成してたし」

「お父さんは、いやがると思うけど」

「パパは仕事が忙しくて、三日目に来るの」

「あ、そういうことか」

広い別荘に、女だけでは不安なのだろう。ガードマンと姉妹のお守り役も兼ねているのかもしれない。

合点したとたん、よこしまな思いが込みあげた。

（もしかすると、美紗ちゃんや里菜ちゃんと三人だけになる機会があるかも。またエッチなことされちゃったら、どうしよう）

下腹部に熱い血流が注がれ、両手でさりげなく股間を隠す。里菜はこちらの心の内など知るよしもなく、あどけない眼差しを向けていた。

昨日の一件を忘れているかのような様子に、幻覚を見たのではないかとすら考えてしまう。

「それじゃ、勉強を始めようか」

「うん」

間が持たずに促すと、里菜は机に向きなおり、シャープペンシルを手に取った。

「えっと……どこまでやったかな」

「つるかめ算のとこ」

「あ、そうだ。解説してるときに、終わりの時間が来ちゃったんだっけ」

射精したときは鮫島家を訪れてから二十分しか経っておらず、そのあとは汚れた床を掃除し、窓を開け放って空気を入れ換えた。

それでも一回の放出だけでは物足りず、指導中は悶々とし、まったく集中できなかったのである。

留美子が帰宅し、お茶菓子を持って現れたときはどれほど緊張したことか。

(フラワーアレンジメントの会か。今日は、部屋に現れないってことだよな)

美紗は床に伏せており、これからの三時間は里菜と二人きりなのだ。

猛々《たけだけ》しい男根を解放し、じっくり観察してもらいたい。手だけでなく、今度は口に含んでもらい、できることなら美少女の花園を心ゆくまで拝みたい。

(里菜ちゃんのおマ×コ、どうなってんだろ? ああ、見たいな)

破廉恥な妄想が頭にチラつき、顔が徐々に火照りだす。ペニスはビンビンにいななき、ジーンズの中心は早くも小高いテントを張っていた。

(いかん、いかん! もし留美子さんにバレたら、マジでシャレにならない! 昨日は、たまたま運がよかっただけなんだ)

悪辣《あくらつ》なパワーを無理やり抑えこみ、美少女の肩越しにテキストを覗きこむ。

「この個体数の求め方はね……」

言いかけた刹那、里菜は思いも寄らぬ言葉を投げかけた。

「先生」

「……ん？」

「私のこと、好き？」

「も、もちろんだよ。かわいい教え子だもの」

昨日の今日だけに、唐突な質問に血が騒ぐ。当たり障りのない答えを返すと、彼女はさらに問い詰めた。

「美紗よりも？」

二人は一卵性双生児で、外見や雰囲気は違っても、顔だけ見れば瓜ふたつなのだ。どちらが好きという感情は、これまで一度も抱いたことがなかった。

「ど、どっちも好きだよ」

ありのままの本音を告げると、里菜は顔を向け、頬をプクッと膨らませる。

「美紗、先生のことが好きなんだって」

「え？」

「もちろん、私も大好きだよ。でも、二人と結婚はできないでしょ？」

「け、け、結婚⁉」

考えてもいなかった言葉が飛びだし、達郎は飛びあがらんばかりに驚いた。

小学生といえども女の子だけに、ウェディングドレス姿に仄《ほの》かな夢を抱いているのかもしれない。

(結婚って……どう答えればいいんだよ)

確かに少女の言うとおり、この国では重婚は認められていない。仮に結婚するとなれば、里菜か美紗のどちらかを選ばなければならないのだ。

「ねえ、どっち？」

「そ、それは……」

逡巡した直後、澄んだ瞳が達郎の下半身に向けられた。

(……え？)

股間の中心は大きく膨らみ、左方向に勃起の形が浮き出ている。顔が熱くなると同時に、あこぎな欲望が下腹の奥から這いのぼった。

2

時間の流れが止まり、自身の心臓の鼓動がはっきり聞こえる。生唾を飲みこんだ直後、里菜は回転椅子を真正面に向けて呟いた。

「先生、またおっきくなってるよ」

「あ、あ、これは……」

「昨日、あんなにたくさん出したのに、どうしてこんなになってるの？」

「それは男の生理というか、何というか……」

「男の生理？」

「お、男はね、好きな女の子を前にすると、あそこが大きくなるんだ」

「ふうん、でも……昨日は美紗もいたよ」

無垢な姉は小首を傾げるも、視線は股間から決して逸らさない。

（里菜ちゃんはおとなしいし、うまく立ち回れば、エッチなことできるかも）

脳漿《のうしょう》が沸騰し、瞬く間に性獣モードに突入する。ペニスがフル勃起し、堪えきれない淫情が下腹部に吹き荒れた。

「きょ、今日……いっしょにいるのは里菜ちゃんだけでしょ」

「ということは、美紗と二人きりだったら、こんなふうにはならないんだ」

「う、うん」

「それって、私のほうが好きってこと？」

性的な昂奮が脳波を乱れさせ、否定はもちろん、たしなめることすらできない。

正常な判断ができぬまま、達郎は仕方なくコクリと頷いた。

「ちゃんと、言葉で言って」

「り、里菜ちゃんのほうが……好きだよ」

なんと、情けない男なのか。

性欲に抗《あらが》えず、年端もいかない女の子に迎合してしまうとは。

「うれしい！」

里菜は素直に喜びを露にし、目をきらめかせる。ここぞとばかりに、達郎は牡の欲望を剥きだしにさせた。

「み、見たい？」

「え？」

「……おチ×チン」

発汗しているのか、少女の頬がみるみる赤らんでいく。

困惑げな、それでいて好奇心には逆らえないような、どちらとも言えない様子にためらいが生じる。

本音を言えば、今すぐにでも怒張を晒したかったが、心の隅に残る理性が待ったをかけた。

今日は留美子が在宅しており、美紗もいつ起きだしてくるかわからない。

二人に目撃されたらと考えると、不安が頭をもたげたが、ツルツルした剝き卵のような頰、艶々と輝く唇を目にすれば、可憐な容貌が男心をこれでもかと煽《あお》った。

今はペニスを見せるだけで満足できる自信がなく、妄想はキスからペッティング、さらにはその先の展開にまで及んでいる。

(や、やっぱり……だめだ。相手は小学生なんだから)

自重した直後、里菜は伏し目がちに小さな声で答えた。

「昨日はドキドキしちゃって……はっきり覚えてないの」

「……え？」

これは暗に、男性器をじっくり観察したいと仄めかしているのか。

脳みそを振り絞って思案するなか、美少女はまたもや愛の告白を催促した。

「私のこと好きだって言ったこと、嘘じゃないよね？」

上目遣いに見つめる表情に胸がときめき、性衝動が紅蓮《ぐれん》の炎と化す。

(ああ、もうだめだっ！)

達郎は身を屈め、桜色の唇にソフトなキスを見舞った。

「……あ」

「す、好きだよ。これでも嘘だって言うの？」

意表を突かれた里菜は、口元に手を添えて目を丸くする。

「は、初めての……キス」

「……え？」

軽く触れただけのキスとはいえ、自分は彼女の初めての男になったのだ。

喜悦が内から込みあげ、生まれてきてよかったと心の底から思った。

同時に牡の血がざわつき、もう一度確かめたい欲求に駆り立てられる。調子に乗った達郎は、裏返った声で訴えた。

「も、もう一回いい？」

里菜が目元を赤らめて頷き、かぶりつくように顔を被せていく。

瑞々しいリップをペロペロ舐め、はたまた貪り味わえば、性感が高みに向かって一気に押しあげられた。

(ああ、俺、今、里菜ちゃんとキスしてるんだ。おいしい、おいしいよ)

唇を重ね合わせただけでは、大人のキスをしたとは言えない。

ディープキスを仕掛けたら、彼女はどんな反応を見せるのだろう。

素直に受けいれてくれるのか、それとも拒否して怒りだすのか。気持ちが狂おしいほど揺れるも、一度火のついた欲望は行き着くところまで行くしかないのだ。

美少女は顎を軽く上げ、目を閉じたまま微動だにしなかった。

おっとりした性格の里菜なら、きっと許してくれるに違いない。都合のいい思考にとらわれた達郎は、意を決して舌先を唇のあわいにすべりこませた。

「あ、ンぅ」

細い肩が震え、くぐもった声が鼻から抜ける。

熱い吐息とともに甘い果実臭が口腔に広がり、とろりとした唾液がぬちゃっと淫らな音を立てた。

引き締まった歯茎と歯列をなぞり、舌先を奥に侵入させていく。

逃げまどう舌を搦《から》め捕り、ちゅぱちゅぱと吸いたてれば、身も心も蕩けんばかりの愉悦に見舞われた。

キスだけで、これほど昂奮するのだ。エッチのときは、どれだけの悦楽を与えてくれるのだろう。

脳神経がショートし、まともな理性は少しも働かない。

本能の赴くままバストに手を伸ばすと、マシュマロにも似たふんわりした感触に心の底から酔いしれた。

（こ、今度は里菜ちゃんのおっぱいだ……あ、あぁ）

セーター越しの膨らみは硬い芯を残し、蒼い果実を連想させる。

慎重にゆったり揉みこんだ瞬間、心臓がドラムロールのごとく鳴り響いた。

ブラジャーと思われる感触が、手のひらにはっきり伝わったのだ。

目の前の少女は、すでに大人の階段を昇りはじめている。あどけない顔立ちとのギャップに驚き、血湧き肉躍った。

「あ、ふうっ」

長いキスが途切れ、唇のあいだで透明な雫が糸を引く。

「あ、ンっ、先生」

「はあはあ」

「胸……痛いよ」

「あ、ご、ごめん」

知らずしらずのうちに、手に力を込めていたらしい。慌ててバストから手を離すも、こんもりした感触は手のひらに残り、股間の逸物はますます昂《たかぶ》るばかりだった。

里菜は恥ずかしげに目を伏せ、顔を首筋まで紅潮させている。そして股間をチラリと見やり、瞳をうるうるさせた。

(り、里菜ちゃんも昂奮してるのか？)

この状況なら、手コキやキス以上の行為まで望めるかもしれない。

目をぎらつかせた達郎は、震える唇をゆっくり開いた。

「きょ、今日のことは、ママには内緒だよ。もちろん、美紗ちゃんにも」

「うん、わかってる。絶対に言わない」

約束を取りつけたところで、猛々しい欲望が夏空の雲のように膨らむ。理性が忘却の彼方に吹き飛び、性欲本能だけが一人歩きを始めた。

「やっぱり……見たい？」

「え？」

「おチ×チン」

「……うん」

はしたないと思ったのか、少女はためらいがちに答え、身をよじって恥じらう。

初々しい姿にあてられ、青年の目は瞬時にして鋭さを増した。

里菜は控えめな性格の女の子で、昨日は快活な美紗の振る舞いに引っ張られてしまったのではないか。

自分でも気づかぬうちに、ふだんとは違う面を見せてしまったのだろう。癇《かん》の強い妹と比べると、明らかに姉のほうが素直で手なずけやすそうだ。

「み、見せてあげてもいいけど、里菜ちゃんのも見せてくれるかな？」

「……え？」

まったく予期していなかったのか、清楚な姉は視線を逸らし、上下の唇を口の中ではむ。よく見ると、拳を握りしめ、身体を小刻みに震わせていた。

（か、かわいい）

狼に見据えられた子羊のような姿に、今度は牡の征服願望が頭をもたげる。美紗なら間違いなく頬を膨らませ、非難の言葉を浴びせてきたに違いない。

（同じ顔なのに、性格が正反対なんだから、男にとってはたまらんよな。ああ、チ×ポがズキズキする）

達郎は舌舐めずりし、あえて鷹揚《おうよう》な態度で迫った。

「ね、見せ合いっこしようよ」

「……恥ずかしよ」

「先生だって、昨日はとても恥ずかしかったんだよ。家に帰ってから、泣いたんだからね」

「ホ、ホントに？」

責任を感じたのか、里菜は心苦しそうな顔をする。小高く膨らんだ胸、スカートの裾から覗く生白い太腿がさらに気持ちを高揚させた。

いてもたってもいられず、ジーンズのホックを外し、チャックを引き下ろす。

「まずは、先生のを見せるからね」

忙《せわ》しなくトランクスごと剝き下ろすと、剛直と化した肉の塊がぶるんと弾け出た。

「きゃっ」

美少女は顔を横に振って、小さな悲鳴をあげる。

完全勃起したペニスは隆々と聳《そび》え、包皮が剝けかかったグランスがテラテラと妖しい輝きを放った。

「里菜ちゃん、ほら、おチ×チン出したよ。見て」

「……やン」

見せてほしいと言ったのは彼女なのに、拒絶する姿がまた男心をそそらせる。達郎は荒い息を吐きつつ、彼女の性的好奇心をくすぐった。

「すごいや、昨日よりもパンパンに張り詰めて。皮も、すぐに剝けちゃいそう。あ、先っぽからエッチな汁が出てきた」

昂奮度が最高潮に達しているのか、先走りの汁が鈴割れで透明な珠を結ぶ。

「見てくれないと、おチ×チンしごいちゃうよ」

手筒でペニスを軽くスライドさせると、心地いい性電流が身を駆け抜け、性感はあっという間に臨界点を飛び越えた。

「はあはあ、これは里菜ちゃんのことが好きだという証拠なんだからね」

射精願望を必死にコントロールするも、油断をすれば、すぐにでも放出へのカウントダウンが始まってしまいそうだ。

やがて気になったのか、里菜は恐るおそる顔を向け、虚ろな眼差しを股間の中心に注いだ。

（おおっ！　見られてる、里菜ちゃんにチ×ポを見られてるっ!!）

背筋がゾクゾクし、全身が性の悦びに打ち震える。

少女は瞬きもせずに男根を凝視し、口の中が渇くのか、喉をコクンと鳴らした。

「さ、触ってみて」

嗄《しゃが》れた声で促せば、里菜は手をそっと伸ばす。そして肉棒を握りこみ、柔らかい指腹を裏茎の芯に食いこませた。

## 3

「ぬ、おおおっ」

快感のパルスが脳幹を灼《や》き、睾丸の中の精液が乱泥流のごとくうねる。

思わず腰を折ると、里菜はびっくりした表情で手を引っこめた。

「はあはあ、はあぁっ」

顔をくしゃりと歪めて射精を堪え、大きな溜め息をつく。

「だ、大丈夫だよ。今日はちゃんと我慢するから……もう一度、触ってみて」

里菜はひと呼吸置いてから再び手を差しだし、今度は亀頭冠を軽くつまんだ。

「む、むむっ」

下腹部に吹きすさぶ肉悦は自分の指とは比較にならず、達郎は会陰を引き締めたまま泣きそうな顔で哀願した。

「お願い。里菜ちゃんのも……見せて」

「やっぱり……恥ずかしいよ」

「先生だって、同じだよ」

「だって……シャワー浴びてないし、今日は体育の授業もあったから」

目の前の少女はたっぷり汗を掻き、まだ見ぬ秘園は間違いなく芳醇なフレグランスを発しているのだ。おそらく、下着もかなり汚れているのだろう。

それを聞いたら、なおさらあきらめるわけにはいかなかった。

「じゃ、じゃや、チラッとだけ。パンティ脱ぐところは、目を閉じて絶対に見ないから。それならいいだろ？」

まるで駄々をこねる子供と同じだったが、もはや逸《はや》る気持ちを抑えられない。

やがて懸命の説得が功を奏したのか、里菜は消え入りそうな声で答えた。

「ホントに目を瞑《つぶ》ってくれる？」

「あ、ああ、もちろんだよ！　約束するっ!!」

「後ろも向いて」

「はいはい、わかりました」

言われたとおりに身体を反転させ、両目を閉じる。

「振り向いたら、絶対にダメなんだからね」

「うん、約束するよ」

胸が躍り、意識せずとも笑みがこぼれる。背後から衣擦れの音が聞こえてくるや、達郎は心の中でガッツポーズを作った。

(み、見られるんだ。美少女のおマ×コを)

もちろん母親以外で、生の女性器を目にするのは初めてのことだ。

心臓に手を当てて息を整えるなか、やがて舌ったらずの声が聞こえてきた。

「もういいよ」

「後ろを向いてもいいの?」

「うん」

「振り向くよ」

念入りに断ってから身体を転回させると、里菜はやや困惑げな表情で佇んでいた。

グリーンのセーターに膝丈のフリルスカートと、外見だけ見れば何も変わらない。

「ぬ、脱いだの?」

「……うん」

彼女はスカートの右サイドに軽く手を添え、頬をポッと赤らめた。

(パンティは、ポケットに入れてるのか。本当に脱いだんだ)

目の前に立つ美少女は今、下着を身に着けていないのだ。

布地を捲りあげれば、いたいけなつぼみを目の当たりにすることができる。

真顔になった達郎は、舐めるような視線を里菜の下腹部に向けた。

「み、見ていい？」

一歩前へ進むと、彼女は後ずさり、スカートの裾を両手で摑む。

「触っちゃ、だめだからね」

「え、じゃ、どうすればいいの？」

顔を上げて問いかけた瞬間、里菜は目にもとまらぬ速さで布地を上下させた。

「……あっ」

「約束どおり、ちゃんと見せたからね」

「そ、そんな、ひどい。全然、見えなかったよ」

「それは知らないわ。見えなかったのは、先生の責任だもん」

ちょうど目線を上げたときにスカートを捲ったため、ほんの一瞬すら確認できなかったのだ。

「じっくり見せて」

「やっ、そんな約束はしてないもん」

里菜は、いかにも心外といった表情でねめつける。

この消化不良の気持ちを、いったいどこにぶつけたらいいのか。ここまで来たら、どうしても女肉の眼福にあずかりたい。

(どうしよう。しつこくして、臍《へそ》を曲げられたら元も子もないし。そうだ、こうなったら……)

あるアイデアを閃かせた達郎は、柔和な顔つきから懐柔策に打って出た。

「里菜ちゃん」

「何?」

「もう一度だけ、パッと見せてくれないかな。それで、本当に引き下がるから」

「ええっ」

気が乗らないのか、里菜は不服そうに唇を尖らせる。

「もし見せてくれたら、何でも言うこと聞いてあげるから……里菜ちゃん、大好きだよ」

達郎は最後に、甘ったるい口調で愛の言葉を囁いた。

美少女は頬を赤らめ、照れ臭そうに身をよじる。そして伏し目がちに、か細い声で答えた。

「もう……あと一回だけだよ」

「うん、ありがとう」

里菜が再びスカートの裾をつまみ、一瞬のチャンスに全神経を注ぐ。ライトブルーの布地がふわりと翻《ひるがえ》った刹那、達郎は細い手首を摑みざま腰を落とした。

「……あっ！」

のっぺりした恥丘の膨らみと簡素な縦筋が目を射抜き、心臓がバクンと大きな音を立てる。生毛に近い繊毛の茂みに、達郎は色めくと同時に男を奮い立たせた。

（お、おおっ！）

目に焼きつけようと顔を寄せるや、里菜はバランスを崩してよろめく。

「あ、やっ、やっ」

両足を開いたところで真後ろにある回転椅子に腰を落とし、初々しい花びらが眼前に余すことなくさらけ出された。

（り、里菜ちゃんのおマ×コだっ！）

インターネットのエロサイトで閲覧した女性器とは似ても似つかない。陰唇やクリトリスは縦溝の中に潜み、まるでもぎたての桃のような様相を呈していた。

ぷっくりした新鮮果実に胸がときめき、ただ注視しているだけではとても満足できない。

「あ、やン！　先生、やめて、やめて、あ、あぁン」

鼻を近づければ、汗の匂いに混じり、噎《む》せ返るほどの乳酪臭がプンと香り立つ。

美少女は今、可憐なつぼみを隅々まで晒しているのだ。

足が閉じられる前に肩を割り入れ、達郎は細い手首を押さえつけたまま女芯にかぶりついた。

「ひンっ！」

プルーンにも似た酸味が口腔に広がり、ピリッとした刺激が舌先に走る。

（あぁ、俺、里菜ちゃんのおマ×コを舐めてるんだ）

濃厚な恥臭と味覚は、美紗のパンティに張りついていたものとは比較にならない。

陶然とした達郎は分厚い舌を差しだし、スリットに沿ってベロベロと舐めあげた。

「だめ、だめっ、汚いよ！」

美少女の身体に、汚れた箇所などあるものか。

里菜は泣き声で拒絶するも、獰猛《どうもう》な性衝動が怯むはずもなく、舌先を窄《すぼ》めて凝脂の谷間をほじくり返した。

「は、ンううっ！　先生、嫌いになっちゃうから！」

非難の言葉すら、今では快楽のスパイスと化している。

性欲の権化となり、一心不乱に舌を跳ね躍らせれば、鼠蹊部《そけいぶ》の筋が浮き立ち、内腿でうっすら揺れる柔肉が小刻みに震えだした。

それなりに、感じているのだろうか。

疑念が頭を掠《かす》めるも、さらなる快美を与えるべく、懸命な口唇奉仕を繰り返す。

やがて花弁がほころび、内に潜んでいた肉びらが微かに顔を覗かせた。

歪みのいっさいない艶やかな陰唇に破顔したところで、今度は小さな肉鞘《にくさや》がちょこんと突き出す。薄い皮の帽子を被ったクリットに心惹かれるも、まずは指で肉唇を押し広げ、コーラルピンクの膣壁を剝き出しにさせた。

(お、おおっ！)

鮮やかな色艶とねっとりした粘液に目を見張る。

(か、感じてるっ？)

濡れそぼつ媚肉は南国果実の匂いをプンプン発し、ゼリー状の膣内粘膜に舌を這わせれば、搾りたてのレモンにも似た酸味に身が打ち震えた。

「あ、やっ、やぁっ」

里菜は身体の動きをピタリと止め、双眸《そうぼう》を閉じて唇を噛みしめる。拒絶の声に甘い響きが含まれたように感じるのも、都合のいい思いこみだろうか。

達郎は内粘膜を心ゆくまで舐《ねぶ》ったあと、いよいよ頂上の尖りに狙いを定めた。

（あれ、さっきより、ぷっくりしてる？　包皮も剝けかかって……）

こうなれば、一刻も早く肉芽の全貌を目の当たりにしたい。

本能の命ずるまま、達郎は猛禽類にも似た目つきで貪りついていった。

「いっ、ひぃぃっ！」

里菜は身をビクンと引き攣《つ》らせ、奇妙な呻き声をあげる。

クリトリスはペニスに匹敵するもので、いちばん感じる性感帯であるはずなのだ。

舌先で撫であげれば、薄皮がくるんと捲れ、ルビー色に輝く肉粒が姿を現す。

（ク、クリちゃんだっ！）

逸る気持ちを抑え、ツンツンとつついて様子を探れば、少女は腰をよじってソプラノの声を響かせた。

「や、はあぁぁっ！」

女肉全体がチェリーピンクに染まり、肌から仄かな熱気が立ちのぼる。秘裂から漂う牝臭もより濃厚になり、嗅覚神経から大脳皮質を突っ走る。

ペニスは疼きまくり、今やトランクスの裏地は我慢汁で溢れかえっていた。

「はあふう、はあぁっ」

鼻の穴を開きながら右拳で怒張を押しこみ、射精願望を無理やり堪える。

達郎は一も二もなく、しこり勃ったつぼみを舌先で転がし、はたまたあやしては弄《いら》った。

「ンっ、ンっ、ンっ」

上目遣いに様子をうかがえば、里菜は視線を虚空にさまよわせる。いつの間にか足を突っ張らせ、椅子からずり落ちそうな身体を両手で何とか支えていた。

(ど、どう見たって……感じてるよな)

さらなる巨大な快楽を与えたら、少女はどんな媚態を見せてくれるのだろう。すかさずクリットを陰唇ごと口中に招き入れ、唇を窄めて吸いたてる。

「ひっ、ぐっ」

とたんに里菜は顎を突きあげ、胸を大きく反らした。

恥骨がクンと迫りあがり、ヌルリとした感触が口の中で粘つく。

(こ、これって)

唾液の成分とは明らかに違う、膣の中から溢れ出た愛液としか思えなかった。

十二歳の美少女が、自分の拙《つたな》い口戯で快感を得ているのだ。

歓喜に満ちた青年は小さな肉粒を甘噛みし、舌と口腔粘膜で舐め転がした。

「あ、あ、あっ」

むちっとした太腿が痙攣しだし、ヌルヌルの潤みが淫裂から湧出《ゆうしゅつ》する。

「や、やあぁっ」

やがて里菜は糸を引くような声をあげ、白い喉を晒して恥骨を揺すった。

(ま、まさか……イッたのか?)

顔を上げて観察すれば、少女は目を閉じ、うっとりした表情を浮かべている。身体から力が抜け落ち、どう見ても絶頂への扉を開け放ったとしか思えなかった。

「り、里菜ちゃん?」

試しに問いかけてみても、愉悦に浸っているのか、彼女は何も答えない。

(やった、口だけでイカせたんだっ!)

淫蜜と唾液まみれの口元を手の甲で拭い、すっくと立ち上がる。

男の分身は断続的な脈動を繰り返し、痛みを覚えるほど突っ張っていた。

4

(あ、あ、もう我慢できないよ)

可憐な美少女は半ば失神状態で、乙女の秘所を露にさせたままなのだ。

童貞を捨てる千載一遇のチャンスに、達郎は色めきたった。

(ど、どうしよう)

家人のいる状況で、十二歳の少女と非人道的な関係を結ぶことなど可能なのだろうか。不安と罪悪感が押し寄せるも、性欲モンスターと化した青年の性衝動は抑えられない。

「り、里菜ちゃん」

達郎はもう一度呼びかけたあと、里菜をお姫様抱っこし、ジーンズと下着を足元に絡ませたまま奥のベッドに突き進んだ。

「はあふう、はあはあ」

ベッドカバーの上に寝かせ、美少女の肢体を真上から見下ろせば、剛直がことさらしなり、鈴口から先走りの液がツツッと滴った。

(や、やるんだ、里菜ちゃん相手に童貞を捨てるんだ)

ベッドに這いのぼり、開かれた両足のあいだに腰を割り入れる。スカートをたくしあげ、鬱血した肉棒を握りしめる。

いたいけな秘芯はすっかり溶け崩れ、内粘膜が微かに覗いている状態だ。小さな膣口に狙いを定めた瞬間、達郎はやるせなさそうな少女の視線にハッとした。

「……里菜ちゃん」

一瞬にして我に返り、本能と理性の狭間で煩悶《はんもん》する。

たとえ同意だったとしても、年端もいかない女の子と性交すれば、間違いなく罪に問われてしまう。それ以上に、無垢な乙女を傷つけたくないという気持ちが働いた。

(ど、どうしたらいいんだよ)

眉尻を下げて困惑した直後、里菜は閉じていた口をゆっくり開いた。

「……いいよ」

「え?」

「私も先生のことが好きだから」

「り、里菜ちゃん」

怖いはずなのに、少女は男の身勝手な欲望を受けいれてくれたのだ。いじらしい気持ちに胸が締めつけられる一方、怒張は一刻も早い挿入を訴える。

「ホ、ホントにいいの?」

「……うん」

「ちょ、ちょっと待って」

達郎は彼女の髪を優しく撫でたあと、膝元まで下ろしていたジーンズのポケットからハンカチを取りだし、陰部の真下に敷いて破瓜《はか》の血に備えた。

できれば服を脱がせ、瑞々しい裸体を目に焼きつけたかったが、さすがにこの状況では無理がありすぎる。

互いに恥部だけを晒したまま、男と女の秘め事を交わすしかないのだ。

「い、挿れるよ」

口の中に溜まった唾を飲みこみ、包皮を剝いて肉刀の切っ先を恥裂に押し当てる。

鈴口にヌルリとした感触が走り、達郎は亀頭が蕩けんばかりの快感に口をへの字に曲げた。

「むむっ」

こんなところで、暴発するわけにはいかない。

この機を逃したら、童貞喪失のチャンスがいつ巡ってくるか、わからないのだ。臀部にえくぼを作って腰を突きだせば、宝冠部が小さな窪みにぴったりはまりこむ。

(ここだ……この穴にチ×ポを挿れるんだ)

まなじりを決して気合いを込めた瞬間、里菜は眉根を寄せ、いかにもつらそうに唇を歪めた。

「い……痛い」

「え？」

彼女は身をよじり、涙をぽろぽろこぼす。

十二歳の少女には、やはりまだ早すぎたのか。激しく動揺するも、ペニスは萎えるどころか、ますますいきり勃つ。

小さな膣口は輪ゴム状に広がり、男根を懸命に呑みこもうとしていたが、周囲の薄い皮膚は今にもはち切れそうなほど張り詰めていた。

怒張は雁首でとどまったまま、軽く腰を繰りだした程度では挿入できない。

下腹部に目を向ければ、陰部はすっかり充血し、獣じみた性衝動は次第に衰えていった。

「や、やめようか？」

あまりの痛々しさに中止を提案したものの、里菜は何の反応も示さない。心配げに様子を見守れば、少女は目をうっすら開け、気丈にも行為続行の意思を表した。

「ううん、挿れて」

「い、いいの？」

「……うん」

破瓜の痛みを堪えてまで、彼女はなぜ処女を捨てようというのか。

(そ、そんなに……俺のことが好きなのか？)

冴えない青年という自覚はあったが、少女の目には素敵な大人の男性に映っているのかもしれない。

背伸びをしたい年頃でもあり、早く大人になりたいという気持ちもあるのだろう。

「じゃ、もう少し身体の力を抜いて」

拙い知識でアドバイスを送り、再び下肢に力を込める。

指示どおりに里菜が脱力した直後、達郎はここぞとばかりに腰を突き進めた。

「あっ、やっ、やっ」

細い肩を両手で押さえこみ、男根をグイグイ押しこめば、雁首が膣口をくぐり抜け、狭い膣道が胴体を強烈な力で締めつけた。

(は、入った！　で、でも……キツい)

達郎のペニスはお世辞にも長大とは言えなかったが、それでも肉根が食いちぎられそうな感触に驚嘆する。

「ぬ、ぬぬっ」

今は快感もへったくれもなく、完全なる結合に向けて腰を慎重に押し出すと、やがて恥骨同士がピタリと合わさった。

ペニスが根元まで埋めこまれ、童貞喪失を迎えた瞬間に狂喜するも、媚肉の締めつけは変わらない。

「く、くうっ」

一体感にどっぷり浸る余裕もなく、額に脂汗を滲ませる。かなりの痛みがあるのか、里菜も眉間に縦皺を刻んでいた。

(これじゃ……激しく動けそうもないな)

果たして、このままの状態がいつまで続くのか。

身動きが取れぬまま、ひたすらじっとしていると、怒張を取り巻く肉襞の圧力が弱まり、達郎はようやくひと息ついた。

しっぽりした膣肉が胴体に絡みつき、粘膜を通してドクドクと熱い血潮を伝える。

(こ、これが……おマ×コの中。ぬっくりしてて柔らかくて、あぁ、なんて気持ちいいんだ)

バラ色の快感と安息感に心酔するも、里菜の表情に変化は見られない。

「い、痛いの?」

「……うん。でも、最初の頃よりはましかも」

「動いていい?」

「だめ、動かないで」

少女は鼻をスンと鳴らし、身を赤子のように縮ませる。

（こ、困ったな）

ペニスは挿入前から疼きまくり、白濁の弾丸はすでにカートリッジに装填されている状態なのだ。

すぐにでも男子の本懐を遂げたかったが、泣きだしたら目も当てられない。

とりあえず、達郎は腰を軽く引いて様子をうかがった。

「あンっ」

「ごめん、痛かった？」

「ううん、大丈夫」

膣内には、まだ疼痛が走っているのだろう。ペニスには赤い筋が絡みつき、ハンカチにもポツンと血のシミが付着していた。

「ホントに痛くないの？」

「……うん」

無理をしているのではないかと思う一方、ペニスのムズムズは収まらない。腰を微かにくねらせると、ヌルリとした感触に続いて心地いい快美が身を駆け抜けた。

（え、ひょっとして濡れてる？）

愛液は痛みを和らげるための湧出であり、破瓜の血も肉胴にまとわりついていただけなのだが、童貞を喪失したばかりの青年にわかろうはずもない。

達郎は少女の顔に視線をとどめたまま、より多くの快楽を得ようと腰を蠢動《しゅんどう》させた。

「ン、ンふぅ」

里菜は苦悶の表情を浮かべるも、鼻にかかった声を放ち、心なしか媚肉がこなれだした気がする。

（あ、あ、気持ちいい）

「あ、あ、あ……」

無意識のうちに抽送が速度を増し、同時に快感も上昇気流に乗りはじめた。

「む、むうっ」

スライドのたびに結合部からニチュクチュと淫靡な音が響き、甘美な性感覚が腰部の奥で広がった。

欲望の証《あかし》が出口に集中しはじめ、肉筒の芯がジンジン疼く。さらなる肉悦を求めた達郎は、鼻息を荒らげて問いかけた。

「はあはあ、平気？」

里菜は何も答えず、唇を真一文字に結んだままだ。

「痛いの？」

顔をしかめて問いただすと、少女は目をうっすら開けて答えた。

「ううん、今は痛くない……少し気持ちいいかも」

「ホントに!?」

思わず口元をほころばせ、全身に性欲のパワーを漲《みなぎ》らせる。

「先生……好き」

「お、俺も……里菜ちゃんのことが大好きだよ」

愛の言葉を返せば、細い腕が首に回され、獰猛な愛欲がいちだんと加速した。

幅の短いストロークから大きな律動に移行し、恥骨をガンガン打ちつけていく。

「あ、やっ」

里菜はすぐさま眉をたわめたものの、もはや腰の動きは止まらない。脳幹が性本能に占められ、達郎は放出に向けて、がむしゃらに剛槍を突きたてていった。

「ぬ、おおっ」

「ふっ、ン、ひぃぃン」

快感の風船玉が中心部で膨張し、あまりの愉悦に奥歯がガチガチ鳴る。熱感が腰を打ち、狂おしい官能電圧に交感神経が灼き尽くされる。

「お、おぉ……イクっ、イキそう」

我慢の限界を訴えたとたん、媚肉がキュンと締まり、しなやかな足が胴体に絡みついた。

「ああ、イッちゃうよ」

凄まじい快美に意識が薄れかけるも、このまま膣内射精するわけにはいかない。

最後に男根を膣の奥へガツンと抉《えぐ》りこみ、腰を引いて結合をほどく。

「いっ！」

少女の甲高い悲鳴が耳に届いた直後、真っ赤に染まった亀頭の先端から白濁液がビュッと放たれた。

「あ、あ、あぁぁっ」

こってりしたザーメンが立てつづけに跳ね上がり、少女の生白い下腹部にぶちまけられる。達郎は腰の動きを止めて顎を上げ、戦慄さえ覚えるほどの恍惚にいつまでも酔いしれた。

# 第三章　小悪魔美少女のお仕置きプレイ

## 1

三日後の日曜日。両親が親戚の家に向かい、達郎は一人、心ここにあらずといった表情でスマホゲームをしていた。

(俺、ホントに……里菜ちゃんとしたんだよな)

熱中していたゲームに少しも集中できず、あの日の光景ばかりが頭に浮かぶ。

ディープキスから胸を揉み、女芯を舐めて、ついには肉体関係を結んでしまった。

今にして思えば、よく彼女の部屋で処女を奪えたものだ。

あとになって背筋がゾッとしたものの、童貞喪失の喜びは失せることなく、この三日間はオナニー三昧の日々を過ごした。

今週の水曜日からゴールデンウィークが始まり、週末には美少女姉妹と五日間を過ごすことになる。

果たして、里菜と再び肌を重ねる機会があるだろうか。

（さすがに、それは無理か。留美子さんがそばについてるだろうし、父親のほうも三日目から来るんだから）

それでも淡い期待は心から離れず、いかがわしい妄想が脳裏をよぎる。

「やべっ……また勃ってきた」

午前中に一度放出したのだが、青年の性欲は尽きることを知らない。

こんもりした股間を手のひらで撫でつければ、性電流に腰がぶるっと震え、達郎は落ち着きなく肩を揺すった。

（もう一発、抜いとくか）

ペニスが完全勃起し、ヘッドボードに置かれたティッシュ箱に手を伸ばしたところで、突然スマホの着信音が鳴り響く。

「誰だよ、こんなときに……あ」

仏頂面で画面に目を向ければ、美紗の名前が視界に入った。

（美紗ちゃん？　何だろ）

姉妹と連絡先の交換はしていたが、直接電話をかけてくるのは初めてのことだ。里菜との一件があるだけに、どうしても後ろめたい思いに駆られてしまう。それでも無視するわけにはいかず、達郎はやや間を置いてから通話ボタンをフリックした。

『先生？』

スピーカーから、やけに明るい声が聞こえてくる。

「そうだよ。どうしたの？」

『この前の木曜、休んじゃって、ごめんなさい。ちゃんと、謝っておこうと思って』

どうやら謝罪の電話をしてきたらしく、ホッとした達郎は穏やかな声で答えた。

「わざわざ、いいのに。そんなことより、体調はよくなったの？」

『うん。お薬が効いたみたいで、昨日から調子がいいんだ』

「そうか、よかった」

『先生、今何してるの？』

「一人でお留守番だよ。退屈してたところ」

『今から、遊びにいってもいい？』

「……え？」

『ちょっと買い物に出て、近くまで来てるんだ』

「美紗ちゃん一人で？」

『そうだよ』

家にあげたいのはやまやまだったが、常識的に考えれば断るべきだろう。

（どうしたもんか。母さんにバレたら、絶対に怒られるよな）

里菜との一件があとを引いているのは間違いなく、今は美紗と二人きりになりたくないという思いもある。

「い、家の場所、わからないよね？」

『児童公園のそばにある、青い屋根のうちだよね？　ホントは、もう近くまで来てるんだ』

「へ？」

『じゃ、すぐに行くからね』

「あ、ちょっ……」

最後まで言い終わらないうちに電話は切れてしまい、達郎は呆然とした。

美少女姉妹は、自宅から歩いて十五分とかからない場所に住んでいる。

ベッドから下り立ち、窓から外を見やると、クリーム色のカーディガンとデニムスカートを着用した美紗が公園のほうから歩いてくる姿が目に入った。

「マ、マジかよ」

少女はこちらに気づいたのか、にこやかな顔で手を振る。

達郎は作り笑いを返したあと、雑然とした室内の整頓に取りかかった。

「美紗ちゃん、あまりにもマイペースすぎるよ」

ぶつぶつと文句を言いつつ、床に散らばった本やDVDを棚に戻し、ゴミ箱に取りつけたビニール袋の口を縛る。中には精液まみれのティッシュが入っており、匂いが室内にこもっていないか気になった。

(どこに隠そう……あ、窓は開けっ放しにしとかないと)

とりあえずビニール袋を押し入れに突っこみ、乱れたベッドを整えたところでチャイムが鳴り響いた。

焦りと緊張から腋の下が汗ばみ、心臓が早鐘を打ちだす。

達郎は部屋から脱兎のごとく飛びだし、困惑げな表情で階段を駆け下りていった。

2

「ふうん、ここが先生の部屋か」

美紗は部屋の中央に佇み、物珍しそうにあたりを見回した。

スカートは丈がやけに短く、すらりと伸びた足がどうしても気になってしまう。

「今日は暑いね。カーディガン、脱いでいい？」

「うん、いいよ」

アイスティーのペットボトルとグラスを勉強机に置き、引き攣った笑顔で答えれば、少女はさっそくカーディガンを脱ぎはじめた。

インナーはボーダー柄の薄いシャツで、小高い胸の膨らみがよく目立つ。

里菜と同様、ブラジャーの線が微かに透けて見え、胸の奥がざわざわした。

「狭くて汚くて、びっくりしただろ？　もっと早く連絡くれれば、ちゃんと掃除したんだけど」

「それじゃ、面白くないもん」

「……え？」

「先生がふだん、どんな部屋で生活しているのかを見たかったんだから」

「あ、そう」

天真爛漫な少女はニコリともせずに言い放ち、本棚に歩み寄る。

(あ、いけね……しまった!)

棚の最上段に見られてはいけないＤＶＤを平積みしていたのを、すっかり忘れていた。しかもそれらはローティーンの少女が過激な水着やレオタードを着たイメージビデオなのだから、全身の毛穴から大量の汗がどっと噴き出た。

今となってはどうにもならず、気づかないことをひたすら願うばかりだ。ハラハラするなか、美紗は視線を下から上にゆっくり移していく。

「アイスティー、ぬるくなっちゃうから飲もうよ」

気を逸らそうと躍起になったものの、彼女は棚の上方に目をとめたままピクリとも動かなかった。

(やばい、やばいっ)

背伸びをし、小さな手がいかがわしいＤＶＤを摑み取る。美紗はパッケージの表裏を確かめたあと、顔をしかめた。

「先生……こんなの観てるんだ」

「い、いや、それは、その、友だちが忘れていったものなんだ」

脂汗が額から滴り落ち、今度は顔面が火傷をしたように熱くなる。

必死の言い訳は明らかに子供だましで、聡明な少女が納得するはずもなかった。

「この女の子たち、歳は私と大して違わないよね」

「そ、そうかな？　いや、よくわからないけど……あ」

「この子のＤＶＤ、ディスクが入ってないよ」

美紗がパッケージを開き、疑念の眼差しを向ける。

姉妹に似ている少女のＤＶＤはいちばんのお気に入りで、この三日間は自慰行為のおかずにしており、レコーダーにセットしたままだったのだ。

「おかしいな……あいつ、空のケースだけ忘れてったのか？」

もちろん真実を告げられるわけもなく、そっぽを向いてとぼければ、おませな少女はキツい言葉を投げかけた。

「先生ってさ、ロリコンなの？」

「へ……そ、そんなことあるわけないでしょ」

「だって、こんなの観てるなんて、それしか考えられないもん」

「だから、それは友だちが……」

「子供だと思って、ごまかさないで。正直に言ってごらん」

美紗は大人びた口調で言い放ち、満面の笑みをたたえて近づいてくる。

どうやらすべてを見透かされているらしく、達郎はただ目を泳がせるばかりだった。

これでは、どちらが年上なのかわからない。口元を歪めて俯《うつむ》くと、少女は身を屈め、下から顔を覗きこんだ。

「先生、何おどおどしてんの？」

「別に、おどおどなんて……」

「私の目を見て」

「は、はい」

言われるがまま顔を上げれば、愛くるしい顔立ちが目に飛びこみ、ドギマギしてしまう。

長い睫毛、抜けるように白い肌、ミカンのひと房を思わせる唇。甘ったるい芳香が鼻腔に忍びこみ、意識せずとも熱い血流が海綿体を満たしていった。

恥ずかしくてまともに見られず、再び視線を逸らす。

「先生って、すごくかわいい」

「そんな……俺は、美紗ちゃんより八つも年上なんだよ」

「だって、かわいいものはかわいいもん。自分の部屋なのに、借りてきた猫みたいになっちゃって」

「……あ」

美紗はさらに歩を進め、わざと身体を寄せてきた。

後ずさりすれば、間合いを詰め、ついにはベッドサイドまで追い詰められる。

からかわれているのはわかっていたが、異性に対して免疫がないため、どう対応していいのかわからない。

棒立ち状態のままうろたえていると、バストの突端とふっくらした下腹部が身体に合わさり、達郎は腰を引きつつ眉尻を下げた。

スウェットの中のペニスが容積を増し、大きなテントを張っていく。

(はあ、やばい、やばいよ)

一度火のついた性欲は、この世の終わりがこようと止められない。

牡の欲情を知ってかしらずか、美紗は上目遣いに下腹部をツンツンと押しつけた。

「あ、あ、あ」

布地の中心部がもっこり突きだし、いやでも柔らかい下腹の感触を受けてしまう。

意地悪な妹は、積極的な振る舞いから達郎を淫欲の世界に堕としいれたキャラクターなのだ。

今日は、どんな淫らな行為を仕掛けてくるのか。

脳幹がピンク色の期待感に満ち溢れ、剛直が限界までしなった。

「なんか硬いのが当たってるよ」

「あ、あぁ……美紗ちゃん」

「先生、私のこと好き?」

「はあはあ……もちろん……好きだよ」

ただれた感情に押し流されるまま告げれば、美紗はにっこりし、股間の頂を両の手でそっと包みこんだ。

「おふっ!」

「すっごい……カチカチ」

「あ、おお、そ、そんな……」

「そんな、何?」

「だ、だめだよ、いけないよ」

微かに残る理性でたしなめたとたん、美紗は悪戯っぽい笑みを浮かべ、手のひらで膨らみを撫でまわす。

「お、はぁあぁっ」

腰を折ってよがれば、今度は肉の塊をギューッと握りこんだ。

もしかすると、美紗はバージンを捧げにきたのかもしれない。一卵性の双子は、無意識のうちに同じ行動をとるパターンが多いと聞く。

姉と同時期に処女喪失を迫ったとしても、何ら不思議はないのだ。

(あぁ、したい、美紗ちゃんともやりたい)

姉妹どんぶりに思いを馳せた直後、ペニスがドクンと脈動し、睾丸の精液が荒れ狂った。

「先生、おチ×チン見ていい?」

脳内血管が膨張し、正常な思考は少しも働かない。上ずった声を同意ととらえたのか、美紗はスウェットの上縁に手を添え、下着もろともズリ下げた。

「はあ、ふう、おおっ」

「えいっ!」

いきり勃つペニスが、バネ仕掛けのおもちゃのごとく跳ね上がる。

胴体には無数の青筋が浮き、あまりの膨張率に包皮が雁首でくるんと反転した。

「すごい……こんなになっちゃって」

「は、恥ずかしいよ」

好奇の眼差しが若茎に燦々と注がれ、全身の血が逆流する。

「触っていい？」

「う、うん」

下肢に力を込めてその瞬間を待ち受けると、美紗も頬を染めながら手を伸ばし、柔らかい指を肉幹にやんわり絡ませた。

「お、おぉっ」

快感のさざ波が股間から這いのぼり、甘美なしぶきと化して全身に拡散する。

鳥肌が立つほどの愉楽に、達郎は口をへの字に曲げて腰をわななかせた。

「まるで鉄の棒みたい」

「あ、ふっ、だ、だめだよ。そんなにいじくりまわしたら……」

「いじくってたら、どうなっちゃうの」

美紗は怒張を凝視したまま、雁首から根元を指先で撫でまわす。そして亀頭を人差し指と親指でつまみ、くるくるとこねまわした。

「は、ふうううっ」

美少女から受ける強烈な刺激に身をよじり、顔をくしゃりと歪める。

「み、美紗ちゃん、エ、エッチすぎるよ」

さすがは活発な性格の女の子だけに、おとなしい姉よりも行動的だ。

「あ、先っぽから、また透明なおしるが出てきた」

「はふっ、はふっ」

身体が火の玉と化し、頭に血が昇りすぎて意識が朦朧としてくる。

考えてみれば、美紗が訪問する直前から盛りがつき、オナニーで放出するつもりだったのだ。

性欲がそう簡単に怯むはずもなく、先走りの汁はだらだらと溢れるばかりだった。

「先生、何でこんなになってんの？　全然、止まらないよ」

「だ、だから、それは……はあひい」

「やぁン、指にくっついた」

「お、おおっ」

力任せに亀頭をグリッとひねられ、強烈な刺激が著しい快感を吹きこむ。

「あ、うう、そんなことしたら……」

「そんなことしたら、何？」

堪え切れない射精欲求に腰をよじった瞬間、美紗は剛槍を注視したまま、ぽつりと告げた。

「こんなにおっきなおチ×チン、里菜のあそこに入れちゃったんだ」

「……へ？」

「みんな、知ってんだからね」

沸点がみるみる下がり、背中を伝った汗がいっぺんに冷える。

（ま、まさか、嘘だろ。あれほど内緒だって言ったのに）

里菜の心中をまったく理解できず、達郎は口をあんぐりと開けたまま立ち尽くすばかりだった。

3

美紗はにこやかな顔で、怒張をひたすら弄ぶ。顔を引き攣らせた達郎は、視線を逸らして空とぼけた。

「な、何の話？」

美紗が熱を出して寝こんだ日、確かに自分は里菜と二人きりで過ごした。

女の直感、いや、双子にはテレパシーのようなシックスセンスがあり、確たる証拠はなく、単にかまをかけているだけなのかもしれない。

性欲が怯みかけるも、ペニスに直接刺激を与えられているため、海綿体に注ぎこまれた血液はいっこうに引かなかった。

「み、美紗ちゃん。俺は……」

「ちゃんと、里菜から聞いたんだから」

「……へ？」

「自慢してたよ。優しく、たっぷり愛してくれたって」

「あ、愛したって……」

「すごく気持ちよくて、頭の中が真っ白になったって」

「あ、あの……」

「先生、キスもうまいんだってね。ベッドに寝かせられたあと、髪を撫で撫でしてくれたって自慢してたよ」

彼女が話した内容はほぼ事実で、里菜がバラしたとしか思えない。

(相手は……まだ子供だもんな。信用した俺がバカだった)

美紗はまだ微笑んでいたが、目は全然笑っていない。指に力が込められると、ペニスに疼痛が走り、達郎は殺気めいた雰囲気に肩を竦めた。

「あ、痛いよ」

「そう。里菜だと気持ちいいのに、私だと痛いんだ」

「いや、そういうことじゃなくて……」

彼女の心に吹き荒れているのは、嫉妬の嵐か。黒い感情がビンビン伝わり、初めて経験する女の怖さに理屈抜きでビビりまくる。

「どうしよっかな」

「な、何が？」

「気持ちよくしてあげること、できるんだけど」

「……え？」

なんと、浅ましいことか。少女の言葉にまたもや性感が刺激され、ペニスがひと際反り返った。

美紗は指を雁首に食いこませ、さらに剛直をこねまわす。亀頭がねじれるたびに鈴口から先走りが滴り落ち、桜色の指先をねっとり濡らした。

「なんか、また硬くなったよ。先生、気持ちいいんだ？　こんなひどいことされてんのに」

「あ、あ、あぁ」

「ひょっとして、お仕置きされたいの？　このおチ×チン」

可憐な唇のあわいから卑猥な言葉が放たれた瞬間、射精願望が再び上昇のベクトルを描いた。

小悪魔的な口調と振る舞いがハートを撃ち抜き、胸が締めつけられる。

「気持ちよくしてほしい？」

「あ、う、うん。して……ほしい」

つい正直な気持ちを告げるや、里菜はすかさず目尻を吊り上げた。

「私のいないときに里菜とやらしいことするなんて、怒ってるんだからね」

「ご、ごめんなさい……あ、うっ」

ペニスを軽くしごかれただけで脳幹が疼きまくり、白濁の塊が射出口を突きあげる。

「どっちが好きなの？」

「……へ？」

「私と里菜のどっちが好きかって、聞いてるの」

里菜と同じ質問を投げかけられ、達郎はやるせなさそうに口を曲げた。

清廉な雰囲気を漂わせる姉、天真爛漫な性格の妹と甲乙つけがたく、しかも顔はそっくりなのだから、どちらか一方を選べというほうが無理な話なのだ。

この年頃の女の子にとっては、たとえ双子でも、自分が一番でありたいという思いが強いのかもしれない。

（どうすりゃ、いいんだよ。ここで美紗ちゃんのほうが好きだなんて答えたら、間違いなくいい加減な男だと思われちゃうよな）

苦悩する最中、美紗が腰を落とし、達郎は心の中であっという声をあげた。

（ま、まさか……!?）

フェラチオが頭を掠め、肉棒がことさらいきり勃つ。

少女は裏茎をじっと見つめたあと、指先で強靭な芯をツンツンと押しこんだ。

「お、おうっ」

「エッチなおつゆ、どんどん溢れてくるよ……あ、こぼれちゃう」

涙目で見下ろしつつ、はあはあと荒い吐息を放てば、前触れの液がゆるゆると滴り、細い指先とのあいだで粘った糸を引く。

太い青筋は脈動を繰り返し、いつ射精しても不思議ではない状況なのだ。

美紗が顔を寄せ、イチゴ色の舌をちょこんと突き出すと、青年の性感はいやが上にもピークに達した。

括約筋を引き締めた直後、舌先が裏茎をツツッとなぞりあげる。

「む、むむっ」

青白い性電流が股間を中心に拡散し、甘い衝動に五感が研ぎ澄まされた。

大いなる期待感に総身が震え、心臓が今にもオーバーヒートしそうだった。

都合のいい思いこみなどではなく、間違いなくフェラチオの知識があるとしか考えられない。

アダルトサイトで仕込んだのだろうか。いや、姉妹の部屋にあるパソコンにはフィルターがかけられており、当然ながらスマホにも同様の制限はしているはずだ。

(ひょっとして、おませな友だちから聞いたのか？　まさか、もうバージンじゃないのかも)

好奇心旺盛で行動的な美紗なら、初体験を済ませていることも考えられる。

(いや、いくら何でも、それはありえないよ！)

劣悪な家庭環境で育った子供ならまだしも、美少女姉妹はどこから見ても深窓の令嬢なのである。

胸底で否定した刹那、美紗は上目遣いに淫らな誘いをかけてきた。

「……してほしい？」

一瞬ためらうも、今は性欲のほうが勝っている。コクコクと頷けば、美少女は顔を微かに傾け、ペニスの横べりに唇を押しつけた。

「ほ、ほふっ」

なめらかなリップが上下にすべり、怒張の芯がジンジン疼く。

身を強ばらせて踏ん張るも、巨大な快感が何度も押し寄せ、ちっぽけな自制心を嘲《あざけ》るように浸食していった。

肉幹を這いのぼった唇は雁首をなぞり、続いて舌先が尿道口をチロチロ舐めまわす。

「やン……しょっぱくて苦い」

「はあふうはあ」

敏感な箇所に刺激を与えられ、脳漿はさらに煮え立つばかりだ。固唾《かたず》を呑んで見守るなか、美紗は唇の輪を徐々に広げていった。

(あ、あ、口の中に入っちゃう……ぬおっ⁉)

亀頭冠が口内にスポンと呑みこまれ、生温かい粘膜が先端をしっぽり包みこむ。

身が蕩けそうな快美が脳天を貫き、達郎は背筋をピンと伸ばして咆哮《ほうこう》した。

「お、おぉぉっ」

美紗はなおも肉筒を引きこみ、飴色の胴体が口中に姿を消していく。

柔らかい唇の感触はもちろん、清らかな唾液がペニスを覆い尽くし、生まれて初めて味わう口唇奉仕に頭の中が虹色に染まった。

「はあはあ、はあぁあぁっ」

下腹部に力が入らず、両膝がぷるぷるとわななく。今は、射精を堪えることで精いっぱい。熱病患者のような顔で股間を見下ろせば、少女は男根を中途まで咥えこみ、頭をゆったり引き上げた。

唾液でぬらぬらと輝くペニスの、なんと淫らなことか。

昂奮度数はとっくに限界点を突破し、全神経が放出の瞬間だけに向けられる。ただでさえ崖っぷちに追いこまれているのに、あろうことか、美紗は首を上下に打ち振りはじめた。

「あ、くうぅぅっ！」

わずか十二歳の少女が、本格的な口戯でペニスに快楽を吹きこんできたのだ。テクニックとしては稚拙《ちせつ》なのだろうが、青年にとっては初めてのフェラチオだけに性的な昂奮が怯むはずもなかった。

（こ、こんなことって……）

愕然とする一方、肉悦のタイフーンはとどまることなく勢力を増していく。

小鼻を膨らませ、頬をぺこんとへこませ、小さな口で男根を懸命に舐めしゃぶる姿が扇情的だった。

視覚ばかりでなく、スライドのたびにくちゅくちゅと洩れ聞こえる抽送音がさらに聴覚を刺激した。

（あ、い、いいっ、気持ちよすぎるっ）

射精へのストッパーが粉々に砕け散り、牡の欲望が渦を巻いて迫りあがる。

「あ、あ……も、もうだめだ……イ、イキそう」

たまらずに放出の瞬間を訴えると、美紗は抜群のタイミングで律動をストップさせ、口からペニスを吐きだした。

「ン、ふぅっ」

口唇の端から唾液が溢れ、ペニスとのあいだに透明な雫が幾筋も架けられる。とろとろの粘液をまとった剛直は淫蕩な照り輝きを放ち、ビクビクとしなった。

「む、おおぉぉっ」

行き場をなくしたザーメンは副睾丸に逆流し、あまりの狂おしさに唸り声を放つ。

達郎が顔を真っ赤にして息んだあと、美紗は口の周りについた唾液を手で拭ってから唇を尖らせた。

「イカせないもん」

「はっ、はっ……え？」

「そんな簡単にイカせたら、お仕置きにならないでしょ？」

「で、でも……」

「里菜みたいに、あそこだって見せてあげないんだから」

おとなしい性格の姉は、あこぎな要望をためらいながらも受けいれてくれたが、勝ち気な妹のほうはひと筋縄ではいかないらしい。

（あぁ、見たい……舐めたい）

双子の少女の女芯は、やはりそっくりな構造をしているのか。

口の中に大量の唾が溜まり、確かめたいという欲求に駆られる。

だが、拝み倒したところで、美紗が素直に了承するとはとても思えなかった。

どうしたものかと思案する最中、指が肉棒を握りしめ、上下にしごかれる。

唾液の潤滑油が抽送をスムーズにさせ、達郎は先ほどの手コキとは比較にならない快感に身悶えた。

「く、くうぅっ！」

「イッたら、だめだからね」

「そ、そんなぁ」

手コキの速度は目に見えて加速し、肉棒が前後左右に嬲《なぶ》りたおされる。

「はうぅうっ！」

ふたつの肉玉がクンと持ち上がり、大量の樹液が出口に向かってうねりくねった。

「あ、イクっ、イクっ……お、おおおおっ！」

射精寸前、美紗はまたもや手筒の抽送をストップさせ、達郎は腰を折って雄叫びをあげた。

「イカせないって、言ったでしょ」

「はあふう、ほおぉっ」

まさか、小学生の女の子に寸止めされるとは予想だにしていなかった。

目の縁に涙が溜まり、焦燥感が思考回路をショートさせる。

心と肉体を乖離《かいり》させた青年は、無意識のうちに媚びを含んだセリフを口走った。

「す……好き」

「え、何？　声が小さくて、聞き取れないよ」

「み、美紗ちゃんのほうが……好きです」

「……ホントに？　イキたいから、そう言ってるだけじゃない？」

案の定、少女は疑念の眼差しを向ける。達郎は懸命に息を整え、喉の奥から否定の言葉を絞りだした。

「ち、違う」

「何が、違うの？」

「だって……里菜ちゃんは、こんなことしてくれなかったから」

「ふうん、私がエッチだから好きなんだ？」

「そういうことじゃなくて、やっぱり美紗ちゃんのほうがかわいいと思うし」

口をついて出てくる言葉には整合性がなく、自分でも何を言わんとしているのかわからない。それでも自尊心が満たされたのか、美紗はようやく白い歯をこぼした。

「じゃ、かわいそうだから、イカせてあげようかな」

「はふぅぅっ！」

レンズを磨くように、空いた手で亀頭の先端をくるくると回され、強大な性電流に声が裏返る。

「服を脱いで」

「……は？」

「服を全部脱いで、椅子に座るの」

「は、はい」

達郎は言われるがままスウェットの上を頭から剝ぎ取り、足元に絡まっていたズボンと下着を足踏みして脱ぎ捨てた。

少女の前で全裸になっても、恥ずかしいという気持ちは微塵も残っていない。すぐさま回転椅子に腰かけるや、美紗はデニムスカートの中に手を突っこみ、腰をもぞもぞさせながらパンティを下ろしていった。

姉のときとは立場が逆転し、妹に主導権をとられていたが、昂奮度は段違いに高く、ペニスはフル勃起したままだ。

(俺って、Mっ気のほうが強いのかも)

純白のコットンパンティが足首から抜き取られ、心臓の鼓動が跳ねあがる。今の彼女はノーパンの状態で、スカートを捲れば、いたいけな女芯が晒されるのだ。

下腹部に熱視線を注いだ瞬間、美紗はパンティの船底を覗きこみ、頬を真っ赤に染めた。

4

「やだ……濡れてる」

「え、ホント？」

「エッチ！」

キッと睨みつけられた直後、目の前が白い物体に覆われる。

「……あ」

「パンティ、被せてあげる。出かける前に穿き替えたばかりだから、そんなに汚れてないけど」

「お、おおっ」

なんと、大胆な少女なのだろう。

感動にも似た情動が込みあげ、硬直のペニスが頭をブンブン振った。

美紗は布地を引っ張り下げ、湿り気を帯びたクロッチを鼻にあてがう。足を通す箇所は目にあてられているので、視野が遮られる心配はない。

プロレスラーの覆面さながら、パンティを被せられたところで、仄かな恥臭が鼻腔粘膜を燻《いぶ》した。

乳酪臭と尿臭がブレンドされた甘酸っぱい香気が、性感覚を苛烈《かれつ》に撫であげる。

怒張はますますいきり勃ち、鈴口から我慢汁が源泉のごとく溢れ出した。

「はあはあ」

「何、昂奮してんの？」

「だ、だって……すごくいい匂いだから」

「……変態。先生が、こんなに変態だとは思ってなかった」

侮蔑の眼差しを浴びせられただけで、心の琴線が甘く爪弾かれる。

恥肉を目に焼きつけ、じかに匂いを嗅いで味覚を心ゆくまで堪能したい。達郎は舌なめずりしたあと、唾を飲みこんでから口を開いた。

「み、見たいよ」

「……何を？」

「美紗ちゃんのおマ×コ」

胸の内を素直に告げれば、少女は尖った視線を向ける。

「やらしい……最低」

「おふっ」

非難されればされるほど、性的な昂奮は高みに向かってのぼりつめるのだ。

「変態先生には、見せてあげないもん」

「そ、そんな……」

「他に、しなければならないことがあるの」

「し、しなければならないこと？」

オウム返しをした刹那、美紗は歩み寄りざま達郎の太腿を跨いだ。

「……あ」

「里菜だけエッチしたなんて、納得できないんだから」

妹は姉へのライバル意識を露にし、スカートの裾を微かにたくし上げる。そして股間から突き出たペニスに手を添え、腰をゆっくり落としていった。

のっぺりした肉土手に目をスパークさせたものの、肝心要の箇所は覗けない。それ以上に、達郎は美紗の突発的な行動にうろたえた。

果たして、座位の体勢からの処女喪失など可能なのか。

（やっぱり……もうバージンじゃないのかも）

瞬きもせずに見つめていると、亀頭冠が股ぐらの奥に忍びこみ、先端がヌルリとした粘膜に包まれる。

「むうっ」

小さな呻き声をあげた直後、肉の圧迫感が押し寄せ、同時に美紗が苦悶の表情に変わった。

「つ、つうっ」

疼痛があるのか、彼女は腰の動きを止め、ピクリとも動かない。

痛々しい姿に困惑した達郎は、心配げに問いかけた。

「……大丈夫？」

「へ、平気……痛くなんかないから」

「でも……その体勢だと無理なんじゃない？」

「大丈夫だって……言ってるでしょ」

少女は睫毛を涙で濡らしつつ、ペニスを膣内に無理やり押しこんでいく。

（あ、キ、キツい）

宝冠部に受ける感触から察すれば、美紗は紛れもなく処女に違いなかった。

できればベッドに寝かせ、正常位からリードしたかったのだが、彼女はなぜか頑なに意地を張る。

「あ、ンっ⁉」

亀頭の先端が処女膜に届いたのか、少女は苦痛に唇を噛みしめた。

沈黙の時間が流れ、どうしたものかと思案する。

このままの状態では射精はもちろん、完全なる結合も不可能としか思えない。

「一度抜いてから……あ」

言い終わらぬうちに、美紗は腰を深く沈め、肉棒がズブズブと膣の奥に埋めこまれていった。

「……ひぃ」

ペニス全体が生温かい粘膜に覆われ、膣壁がひくつきを繰り返す。

男根に受ける感触は、里菜の処女を奪ったときとまったく同じだ。頬を伝う涙を見られたくなかったのか、美紗は細い腕を達郎の首に回してしがみついた。

室内が再び静まり返り、媚肉の締めつけと熱いぬるみに神経が集中する。

青筋が微かに脈打つ頃、蚊の鳴くような声が鼓膜を揺らした。

「痛く……ないもん」

「え？」

「気持ち……いいんだから」

小さく震える肩を目にした限り、快感を得ているとは考えられない。

なぜ、そうまでして見栄を張る必要があるのか。

脳裏をよぎった疑問は、美紗が次に放った言葉で氷解した。

「里菜だって、そう言ってたし」

「……あ」

おそらく里菜は、痛みなど感じなかった、最初から気持ちよかったと自慢げに伝えたのだろう。

（そうか……その言葉を真に受けて、痛みに耐えてんのか）

いじらしい乙女心にほだされた達郎は、彼女の後ろ髪を手のひらで優しく撫でた。

「美紗ちゃん、かわいいよ」

「変態先生に言われたくない。里菜にも、同じこと言ったくせに」

美紗は身を起こし、達郎の唇を指でつねりあげる。涙の痕跡はすでに消え失せ、今は鼻の頭が赤みがかっているだけだ。

「いででぇっ」

腰が自然とバウンドし、少女が口元を引き攣らせた。

「ひぃン……う、動かないで」

美紗はやや俯き加減から身を硬直させ、破瓜の痛みに耐え忍んでいるかのように見える。

「ごめん、痛かった？」

「痛くないって、言ってるでしょ。先生はじっとしてるの、私が動くんだから」

「わ、わかった」

負けん気の強い性格に苦笑しつつ、指示どおりに待ち受ける。やがてしなやかな腰がくねりだし、わずかながらも怒張に快感が吹きこまれた。

「ン、ふっ、ン、くふぅ」

美紗はメゾピアノの喘ぎ声を発し、スライドの速度をゆっくり上げていく。

股ぐらから覗く男根は鮮血にまみれ、彼女が処女だった事実を如実に表していた。

(あ……だんだん気持ちよくなってきた。里菜ちゃんのときと同じだ)

破瓜の血が潤滑油の役目を果たし、ぬめりの強い粘液が抽送を軽やかにさせる。

愛くるしい容貌と結合部を交互に見つめるなか、ペニスがひりつきだし、射精願望が緩やかな上昇ラインを描いていった。

「はっ、はっ、ン、はぁあっ」

美紗の口から湿った吐息がこぼれ、頬がみるみる桜色に染まっていく。

「い、痛くないの?」

「う、うん……なんだか……気持ちいいかも」

悦楽の世界に身を投じたのか、妹の反応は姉とまったく同じだ。試しに軽く腰を突きあげれば、少女は眉根を寄せて肩を竦めた。

「やぁン!　動いちゃだめだったら」

「でも、先生だって我慢できないんだよ」

小振りなヒップに手を回し、スフレのような尻肉をやんわり揉みしだく。こなれだした媚肉がペニスを締めつけ、放出への導火線に再び火がともった。

「ゆっくり動くから、ねっ？」

「はっ、ひっ、だめ、だめ、先生、私の言うことが聞けないの？　あ、ンふぅぅっ」

腰を小刻みに上下させ、肉の楔《くさび》で膣内粘膜に振動を与える。

結合部からニチニチと卑猥な肉擦れ音が響き、知らずしらずのうちにマシンガンピストンの速度が高みを極めていく。

どうやら愛液も溢れ出したのか、ひりつきや抵抗感はほぼ消え失せ、とろとろの媚肉が男根にねっとり絡みついた。

「ンっ、はっ、ン、くっ、はぁぁっ」

美紗は顔を前後に傾げ、上体をマリオネットのように揺らめかせる。よがり声にはいつしか甘い余韻が含まれ、明らかに愉悦に浸っているとしか思えなかった。

「ああ、もうイッちゃうかも。もっと激しくしていい？」

「あ、あ、やっ、だめ、痛いから」

美紗はついに本音を洩らしたが、もはや野獣と化した青年の耳には届かない。

達郎はヒップに指を食いこませ、がむしゃらに下から腰を突き上げた。

「ひ、ひぃン！　先生、私の言うことが聞けないの！」

「美紗ちゃんのことが、好きだからだよ。大好きだから、腰が止まらないんだ」

「あとで、お仕置きするから！」

「いいよ。好きな女の子のお仕置きなら、いくらでも受けるから」

「あ、ひぃぃぃぃっ!!」

恥骨と太腿が瑞々しい尻肉をバチバチと打ち鳴らし、張り詰めた肉棒が猛烈な勢いで膣内への抜き差しを繰り返す。

美紗は眉と唇をたわめ、涙をぽろぽろこぼした。

破瓜の痛みから少しでも逃れたいのか、ひしと抱きついてくる様子が食べてしまいたいほどかわいい。

すっかりこなれた媚肉は絶え間なく収縮し、ビンとしなった牡の証を亀頭から根元まですまんべんなく引き転がした。

官能のパルスが脳幹を麻痺させ、戦慄さえ覚えるほどの快美に身が灼かれる。毛穴から大量の汗が吹きこぼれ、熱い情動が休むことなく高みに向かって駆けあがる。

「あ、あ、イキそう」

腰をブルッと震わせた達郎は、大きなストロークで膣奥を小突いていった。

「あ、あ、やぁぁあぁっ！」

細身の身体が上下にバウンドし、美紗が高らかな声を張りあげる。

「あ、イクっ、イクよぉぉっ！」

「ン、ひっ！」

射精の瞬間を訴え、最後に腰をガツンと繰りだした達郎は、破瓜の血に染まったペニスを膣から引き抜いた。

ヌルヌルの肉棒をしごきたてれば、亀頭冠がブワッと膨らみ、尿道がおちょぼ口に開く。その直後、濃厚なエキスがびゅるんと一直線に噴きだした。

「ぬ、おおおっ」

液玉の散弾は自身の首筋や胸に跳ね飛び、陶酔のうねりが次々に押し寄せる。

合計六回の脈動を繰り返したあと、脱力した達郎は椅子に深く背もたれた。

一度の大量射精で意識が朦朧とし、荒い息が止まらない。

美紗は天を仰いだまま身を強ばらせていたが、やがて胸にしなだれかかり、肩を小さく震わせた。

「はあはあ……すごい気持ちよかったよ」

耳元で囁くも、彼女は何も答えず、胸を緩やかに波打たせるばかりだ。

ひょっとして、また泣いているのか。背中を優しく撫でた瞬間、少女は身を起こし、息を大きく吸いこんだ。

「……へ？」

手のひらが胸板に振り下ろされ、バッチーンと乾いた音が響き渡る。

「いってぇえっ！」

「私の命令に従わなかった罰だからね」

「ひ、ひどいよ」

涙目で非難したとたん、美紗は再びしがみつき、口元にソフトなキスを見舞った。

「でも……うれしいかも」

「え？」

「先生の気持ち……はっきりと聞けたから」

性欲の嵐に正常な思考を奪われ、確かに愛の告白をしてしまった記憶がある。同時に、どす黒い不安が心に忍び寄った。

「あの……このことは絶対に内緒だからね。もちろん、里菜ちゃんにも」

「当たり前でしょ。言えるわけないじゃん」

ホッとしたとたん、冷えた精液が胸を滴り落ち、不快感に唇を歪める。

「やだ……先生のあそこ、真っ赤」

「ホントだ」

「それに……まだおっきいままだよ」

「美紗ちゃんがエッチだから、勃起したままなんだ」

若き性欲のエネルギーは、一度きりの放出では満足できないらしい。

「いっしょに、シャワー浴びよう」

「マ、マジ？」

「里菜は、してくれなかったんでしょ？　私なら、ちゃんとおチ×チン洗ってあげられるもん」

快活な妹はこのとき、初めて勝ち誇った笑みを浮かべ、達郎は女の嫉妬心と姉へのライバル意識に複雑な表情を浮かべるばかりだった。

# 第四章　別荘での淫らな寸止め快楽

## 1

ゴールデンウィークに突入し、達郎は留美子が運転する車でK市にある別荘に向かった。

雲ひとつない空は青く澄み渡り、心がウキウキ弾んでしまう。

四泊五日の休暇中に、いったいどんな出来事が待ち受けているのだろう。

(何かあるとすれば、父親がやって来る三日目の夜までだよな)

助手席から肩越しに様子を探れば、美紗はイヤホンで音楽を聴きながら肩を揺すり、里菜はおとなしく本を読んでいる。対照的な二人の姿に目を細めた達郎は、一週間あまりのあいだに起こった体験を思い返した。

姉とは鮫島家の子供部屋で、妹とは自分の部屋で背徳的な肉体関係を結んでしまったのだ。

牡の欲望を控えめに受けいれてくれた里菜、積極的に淫らな誘いをかけてきた美紗と、どちらも昂奮度は高かった。

(最高に気持ちよかったよな。二人とも、それぞれ魅力的だし)

卑猥な妄想が頭から離れず、血液が股間の一点に集中していく。ペニスがムズムズしだした頃、留美子が申し訳なさそうに口を開いた。

「達郎くん、ごめんなさいね。家族旅行につき合わせちゃって。本当は、他に用事があったんじゃない？」

「い、いえ、そんなことないです。全然ヒマでしたから」

助手席に座る男が娘の処女を奪ったのだから、後ろめたさから美熟女の顔をまともに見られない。幸いにも彼女は前方を見つめているため、慌てふためく様子を知られることはなかった。

「今日は、ゆっくりしてもらってかまわないわ。明日からは午前中だけ、この子たちの勉強を見てもらえるかしら」

「はい、了解してます」

「で、明日の午後のことなんだけど、達郎くんは車の運転できるわよね？」

「ええ、免許は一年のときに取りました」

「この車で、二人をプールに連れていってもらえるかしら」

「プール……ですか？」

思いがけない依頼にきょとんとしたものの、留美子はかまわず話を続ける。

「実は別荘から四キロほど離れた場所に、義父が経営しているホテルがあって、そこの最上階の角部屋が温水プール付きのスイートルームなの。プールといっても、小さなものだけど」

「あ、そういうことですか」

「別荘に宿泊するときはいつも寄るんだけど、学生時代の友人が明日訪ねてくることになって、都合がつかなくなったのよ。ホテルのほうは明後日以降に予約が入ってるそうで、変更はできないみたいだし……何とか、お願いできないかしら」

まさに、神が与えし幸運としか思えなかった。

親の目の届かない場所で、美少女姉妹とゆったり過ごせるのだ。断る理由などあろうはずがなく、達郎は喜びをひた隠して答えた。

「……わかりました。そういう事情なら、仕方ないですね」

「申し訳ないわ。ホテル側には、ちゃんと伝えておくから。バイト料も、さらに弾むわ」

「そ、そんな、けっこうですよ」

「ううん、気にしないで。無茶なお願いしてるんだもの」

留美子は、家庭教師の青年と娘らの不埒な関係を知らない。もし気づかれたら、天国から地獄に真っ逆さまの危うい状況にあるのだ。

(慎重に……行動したほうがいいよな)

自身を戒めたところで、達郎は重大な事実に気づいた。

「あ、ぼく、水着持ってきてないですけど」

「大丈夫よ。ホテルの地下にお店があるから、そこで買うといいわ」

「そうですか」

「さあ、もう着くわよ」

留美子はハンドルを切り、国道を折れて砂利道を徐行する。

真正面に見える敷地が視界に入ったとたん、達郎は口をあんぐり開けた。

どこまでも続く白い壁に、車四台は通れるのではないかと思えるほどの広い門。

留美子が車内からリモコンのスイッチを押すと、引き戸タイプの門扉がゆっくり開いていく。

中庭は運動場のように広く、五十メートルほど先に赤い屋根の洋館がどっしりした佇まいを見せていた。

塀の内沿いには広葉樹が規則正しく植林され、一介の貧乏大学生が休暇を楽しむにはあまりにも贅沢な空間だと言えた。

（す、すげえや。ホントに大金持ちなんだな。別荘の裏手のほうまで道が続いてるけど、どれだけの敷地面積があるんだよ）

目を丸くしていると、後部座席からクスクスと笑い声が聞こえてきた。

「先生、やっぱりびっくりしてる」

美紗がイヤホンを外して身を乗りだしてくるも、視線は眼前の光景に釘づけのままだ。

「別荘の向こうには、テニスコートやゲストハウスがあるんだよ」

「ええっ!?」

「お風呂には、温泉だって引いてるんだから」

ここまで来ると、もはや感嘆の溜め息すら出てこない。ひたすら度肝を抜かれるなか、留美子は別荘の玄関口に車を停め、エンジンを切った。

「まずは部屋の空気を入れ替えて、くつろいでからレストランに行きましょ」

「ママ、ヴァッシュモンの予約はしてあるの？」

「もちろんよ」

「ヴァ、ヴァッシュモン？」

「高級フランス料理店だよ。この店も、毎回行ってるんだ」

美紗が得意げに言い放ち、ドアを開けて飛びだしていく。達郎も車内から降り立ち、洒落た二階建ての建物を仰ぎ見た。

（でかい別荘だなぁ……寝室は何部屋あるんだろ。他に、ゲストハウスまで完備されてるなんて）

留美子が玄関の鍵を開け、美紗とともに別荘に入っていくと、里菜が達郎の真横をすっと通りすぎた。

「……あ」

この日の姉は、いつになく元気がない。ふだんから口数の多いほうではなかったが、どこかよそよそしく、笑顔を見せることさえなかったのだ。

（まさかとは思うけど……）

五日前、達郎は妹の処女を奪い、浴室でも二度目の情交に及んだ。汚れたペニスを洗ってもらっているあいだ、性欲が回復の兆しを見せ、我慢できずに再び迫ってしまったのである。

里菜には絶対に内緒だと、口を酸っぱくして言い聞かせたものの、自慢したい気持ちを抑えられなかったのかもしれない。

(だとしたら……やばいよな)

美紗と会った翌日の月曜、家庭教師をしているときは、里菜に特別な変化は見られなかったのだが……。

(明日のホテル、どうなっちゃうんだよ、もしかすると里菜ちゃん……行かないとか言いだすかも)

留美子は拒絶の理由を問うだろうし、妹と二人だけで過ごせば、姉の機嫌がますます悪くなるのは火を見るより明らかだ。

彼女らと甘いひとときを味わいたかったのだが、都合のいい展開を期待するほうが無茶なのか。

「先生、何やってんの？　ボーッと突っ立って」

美紗が玄関扉の隙間からひょっこり顔を出すと、達郎は作り笑いを返した。

「いや、すごい別荘だなって感心してたんだよ」

「早く入って。先生が泊まる部屋、連れてってあげるから」

「あ、うん」

玄関口に駆け寄れば、妹は朗らかな笑みを浮かべる。間口を見回しても姉の姿はどこにもなく、達郎は暗澹《あんたん》とした気持ちに変わっていった。

## 2

翌日の午後、達郎は市街地から離れた場所にあるリゾートホテルに車を走らせた。

バックミラーで後部座席をチラ見すれば、姉妹はイケメンアイドルの話に熱中している。

(よかった……今日の里菜ちゃんは、いつもと変わらないみたい)

昨日はレストランで食事をしている最中も会話に参加せず、やたら「眠い」という言葉を連発していた。

昂奮して眠れなかったという理由に安堵はしたものの、本当にそうなのか、ずいぶんヤキモキしたものだ。

今の里菜の様子を目にした限りでは、やはり体調が優れなかっただけで、取り越し苦労に終わると思われた。

乗り心地のいい国産の高級車は、風光明媚な高原地を颯爽と走り抜ける。やがて扇状の豪奢な建物が目に入り、子供のように胸が躍った。

「あそこだよ」

「これまた……すごいホテルだね。何階建て?」

「十二階。いちばん上の左端の部屋が、スイートルームだから」

美紗の言葉に頷きつつ、達郎はホテルの広大な敷地内に車を乗り入れた。

「ひょっとして、パパのお父さんは来てるのかな?」

「ううん、おじいちゃんは夏休み以外は顔を見せないわ」

「……そう」

祖父が孫かわいさに姿を現すかもしれないと思ったのだが、ますます好都合だ。

エントランスに車を停車させると、支配人らしき中年男性とベルボーイと思われる若い青年が駆け寄ってきた。

「里菜様、美紗様、いらっしゃいませ。お待ちしておりました」

後部ドアが開けられ、紺色のスーツを着た男性が頭をペコペコ下げる。

会長の孫娘だけにやたら低姿勢で、双子の姉妹が次元の違うお嬢様だという事実をいやでも印象づけた。

里菜と美紗は慣れているのか、臆することなく堂々としている。

(ふわっ、大人相手にすごいや)

この美少女らと自分は、すでに道ならぬ関係を結んでいるのだ。彼らが知ったら、いったいどんな顔を見せるのだろう。

「お荷物をお預かりします。お部屋まで、ご案内しますので……」

「いいわ。私たちだけで行くから」

「……は?」

「もう何回も来てるんだもの。キーだけちょうだい」

「は、はい。承知いたしました」

美紗の言葉に中年男性は一瞬たじろいだものの、すぐさま上着のポケットから部屋のカードキーを取りだした。

「それでは、お車は駐車場に停めておきますので」

「よろしくお願いね」

セレブ然とした美紗の振る舞いは、留美子から影響を受けたとしか思えない。

里菜は傍らで涼しげな笑みをたたえており、純白のワンピースをまとった美少女姉妹はまるでフランス人形のように愛らしかった。

「吉田《よしだ》くん、車のほう、よろしくお願いします」

「かしこまりました」

支配人はベルボーイに指示したあと、エントランスまで駆け寄り、ピカピカに磨かれたガラス扉を開けて館内に促した。

「さ、どうぞ」

「よ、よろしく……お願いします」

「ごゆるりと、おくつろぎくださいませ」

さすがは、高級ホテルの長を務める人物だ。みすぼらしい青年にも深々と頭を下げ、気配りの届いた対応を決して忘れない。

きらびやかなシャンデリア、足首まで埋まりそうな絨毯、北欧のソファセットを配した広いロビーと、富裕層をあてこんだ豪華な造りに達郎は目をしばたたかせるばかりだった。

エレベーターまで到着すると、美紗がペロリと舌を出す。

「あのおじさん、いつもかしこまってるんだもん。疲れちゃうよ」

「あら、美紗だって、ママみたいに接してたじゃない」

「ちょっと、からかってやったの」

姉妹は顔を見合わせてクスリと笑い、きゃっきゃっとはしゃいだ。

彼女らの様子は子供にしか見えないのだが、性の知識はそれなりにあるし、すでに大人への階段を昇りはじめているのだ。

今日はまた一段、歩を進めることになるのだろうか。

(やべっ……緊張してきた)

エレベーターに乗りこむや、胸が締めつけられ、股間に熱い血流が漲りだす。

となりに立つ姉妹に抱きつきたい衝動を、達郎は必死に堪えた。

留美子がいないとはいえ、このホテルも鮫島家のテリトリーであり、迂闊《うかつ》な行動は命取りになりかねない。

今回に限っては自分から誘いはかけず、姉妹の出方をうかがうつもりだった。

このホテルは扇の形状をしているため、反対側の端の部屋から室内の様子を覗かれるリスクも考えられる。

(安宿じゃあるまいし、まずないとは思うけど)

股間の逸物がひりつきはじめる頃、エレベーターが最上階に達し、美紗が我先にと飛びだした。

「こっちだよ、こっち」

「美紗、はしゃぎすぎだよ」

里菜はお姉さんらしく、おっとりした口調でたしなめる。

二人は廊下を右に折れ、あとに続いた達郎は乾いた唇を舌先で潤した。

(プール付きのスイートルームって、いったいどんな部屋なんだ?)

期待と緊張にドキドキしつつ、やや早足で歩いていくと、美紗がいちばん奥の部屋の前で佇み、カードキーを差し入れている最中だった。

「さ、先生、どうぞ」

オークルカラーのドアがゆっくり開け放たれ、視線が室内に注がれる。

三畳分はあろうかと思える間口が目に飛びこみ、達郎は真っ白な壁や幅の広い一直線の廊下に目を丸くした。

三十メートルほど前方に見える部屋は、リビングだろうか。

「左側にあるふたつのドアは、洗面所と浴室だよ。右側のドアは、お客さん用の部屋かな?」

「お客さん用って……奥にもまだ部屋があるの?」

「うん、リビングの左奥に寝室があって、右奥にはプールがあるんだ」

「先生、早く入って」

美紗の説明に惚けるなか、里菜に促され、達郎はようやく我に返った。

「あ……お邪魔します」

スニーカーを脱いで室内に足を踏み入れれば、ふかふかの絨毯が心地いい感触を与える。

「先生、こっちこっち」

美紗に手招きされ、里菜とともに向かうと、およそ三十畳ほどはあろうかと思えるリビングが視界に広がった。

大画面のテレビにコの字形のソファセット、重厚な造りのダイニングテーブルと椅子の他にバーカウンターまで用意され、棚には見るからに高級そうなブランデーやリキュール類が並べられている。

映画やドラマの中でしか目にしてこなかった光景に、達郎はもはや唖然とするばかりだった。

「先生、プールはこっち」

「……あ」

驚きは、まだまだ終わらない。この部屋には、プライベートプールが完備されているのだ。狐につままれたような顔で姉妹のあとについていくと、美紗がスチール製のドアを開け、イオンをたっぷり含んだ空気が頬をすり抜けた。

「あ、あぁ」

室内プールは全長十五メートルほどと小さかったが、バカンス気分を満喫できる演出がそこかしこに施されていた。

観葉植物が四方に置かれ、プールサイドにはパラソルと丸テーブルに椅子、人数分のビーチチェアまで用意されている。それらにも増して達郎の気持ちを高揚させたのは、天井からフロント前面に向かって斜めに架かったサンルーフだった。

たっぷりの陽射しがガラスを通して射しこみ、なおかつ雄大な景色も一望できる。目障りな建物はどこにも見当たらず、当然のことながらプール内を覗かれる心配は微塵もない。

誰の邪魔も入らない、まさに極上ともいえるプライベート空間だった。

「ホントに……すごいや」

プールにおずおずと歩み寄り、腰を落として手を伸ばせば、温かい水面に口元がほころぶ。

「どう、先生。気に入った？」

「当たり前でしょ。こんな素晴らしい部屋、もう二度と来ることはないかも」

美紗の問いかけに答えた直後、今度は里菜が残念そうに呟いた。

「ホントは、泊まっていきたいんだけど」

「だよね。今回は仕方ないよ……あ、ママに電話しないと」

「じゃ、私はフロントに連絡して食べ物と飲み物を持ってきてもらうね。先生、サンドイッチとコーヒーでいい？」

「え、ああ。アイスにしてもらえるかな」

「うん、わかった」

里菜が室内から出ていくと、美紗はトートバッグからスマホを取りだし、留美子に電話をかけた。

「あ、ママ？　今、到着したから。うん、何の問題もないよ。何時頃までに帰ればいい？　え、六時？　うん、うん、わかった。先生に伝えておく。じゃあね」

現在の時刻は、午後十二時半。帰りにかかる時間を差し引いても、まだ五時間近くもある。眺めのいいプライベートプールで、これから美少女姉妹と三人だけの時間を過ごすのだ。

うれしくないわけがなく、頬がだらしなく緩んでしまう。

（二人ともどんな水着を着るんだろ。やっぱり、スクール水着かな）

初々しい姿態を思い浮かべた刹那、達郎は男性用の水着を買い忘れていたことに気づいた。

「あ、いけね。水着、買ってこないと。店って、地下にあるんだっけ？」

立ち上がりざま振り向くと、美紗はまたもやバッグに手を差し入れ、中から白い紙袋を取りだした。

「はい、これ」

「え……何？」

「水着だよ。こんなこともあるかなと思って、里菜にインターネットで注文させといたの」

「あ……そう。ありがとう」

小学生の女の子が、大人の男性の水着をわざわざ購入しておくとは。

気配りにしてはできすぎており、つい訝《いぶか》しむ。それでも達郎はおくびにも出さず、紙袋を素直に受け取った。

「えっと、私はさっきの部屋で着替えてくるけど、先生は……」

「ここでいいよ。誰が見てるわけでもないし」

「うん、わかった。じゃ、あとでね」

美紗が弾むような足取りでプールをあとにし、一人悦に入る。

非現実的ともいえる空間は、今からバラ色の楽園になるに違いない。

さっそくビーチチェアに駆け寄り、喜び勇んで袋を開けたものの、達郎は純白の布地にぽかんとした。

「な、何だよ……これ。白とか、ありえないだろ」

つまみ上げたところで、今度は布地面積の少なさに息を呑む。サイドは紐並みに細い超ビキニパンツで、どう見てもまともな水着といえる代物ではなかった。

（こ、これを着ろって？　間違いなく……美紗ちゃんの指示だよな）

困惑する一方、胸がざわつき、海綿体に血液がゆったり流れこむ。

彼女もまた、いかがわしい展開を期待したうえで、この水着を購入させたのかもしれない。まずは、もっこりした股間を観察して楽しみたいといったところか。

「まったく、意地悪な女の子だよな」

達郎は苦笑しつつ、シャツに続いてジーンズと下着を脱いで全裸になった。

ペニスは半勃ちの状態だったが、パンツを穿けば、上縁から亀頭冠がはみ出てしまう可能性がある。必死に気を逸らそうにも、逸物は意に反して膨張し、下腹部全体が獰猛な欲情に包まれた。

（やばい、何とかしないと）

目を瞑り、萎えさせようと精神統一を試みる。気持ちを無理やり落ち着けたところで肉筒は小さくなり、達郎はホッとしながらビキニパンツを手に取った。

「こんなの……穿けるのかよ」

水着に足を通して引き上げると、柔らかい布地の感触が肌に伝わり、またもや股間がムズムズしだす。

達郎はペニスを素早く裏地の中に押しこみ、ウエスト部分から指を離した。

パチンという音とともに紐状のサイドが腰に食いこみ、ひどい窮屈感に顔をしかめる。中心部の膨らみは予想以上で、股布はペニスをかろうじて隠しているだけにすぎず、肩越しに確認すれば尻肉の半分がはみ出していた。

（は、恥ずかしいっ！）

この姿を、美紗と里菜の前で晒さなければいけないのか。

顔が火照り、あまりの羞恥に身が焦がれるも、まともな水着を買いにいく気持ちは少しもなかった。

破廉恥なビキニパンツは、淫らな行為へのきっかけになるはずなのだ。

「我慢、我慢、とはいっても……これじゃ、みっともなさすぎるよな」

あたりを見回した達郎の目が、室内の隅にあるボックス棚に向けられた。

スポーツタオルらしき布地が何枚も用意されており、至れり尽くせりの配慮に感嘆の溜め息を洩らす。

(さすがは一流ホテル。とりあえず、あれを腰に巻いて、二人の出方を待とう)

ところが歩を進めたとたん、出入り口のドアが開き、紺色のスクール水着に身を包んだ美紗が姿を現した。

「お、わっ!?」

反射的に中腰になり、慌てて股間を手で隠す。

小悪魔な妹は微笑を浮かべたあと、軽やかな足取りで近づいてきた。

「ふふっ、先生、ちゃんと穿いてくれたんだね」

「あ、わわっ」

幸いにも不意を突かれたショックで性欲が怯み、水着の中のペニスは萎えていく。

それでも羞恥心は失せることなく、達郎は内股の体勢からあたふたするばかりだった。

「ず、ずいぶんと早かったね」

「水着、服の下に着てきたから」

「え、そうだったんだ」

美紗は最初からこちらの行動を予期し、服の下に水着を着てきたに違いない。

彼女はゆっくり近づき、好奇の眼差しを下腹部に注ぎながらトートバッグを丸テーブルの上に置いた。

「里菜ちゃんは？」

「ルームサービスが届いてから来るって。水着姿じゃ、出られないでしょ」

「あ、そうか。ところで……腰にタオルを巻いていいかな？」

「だめ。せっかく買ったんだから、隠したら意味ないでしょ？」

少女はクスクスと笑い、バッグの中から取りだしたボトルを目の前に差し出す。

「な、何？」

「日焼けどめのローション。先生、塗って」

「え？　だって、ここは海じゃないよ」

「サンルーフから、太陽の陽射しが射しこんでるじゃない。今はみんな、プールだって肌を焼かない対策はしてるんだからね」

美紗はさも当然とばかりに言い放ち、左端のビーチチェアに腰かけるや、俯せに寝そべった。

「まずは首の後ろと腕、それから足を塗って」

「あ、あ」

プリッとしたヒップに目が奪われ、股間の中心がズキンと疼く。水着の裾からはみ出した尻たぶがババロアのごとく揺れ、達郎は目尻を吊り上げて生唾を飲みこんだ。

「い、いいのかい？」

「うん、早く」

「わ、わかった」

ローションを塗っているシーンを里菜が目にしたら、どう思うのだろう。

もしかすると妹は、姉に仲睦まじい姿を見せつけようとしているのかもしれない。

不安は感じたものの、昂る好奇心を抑えられず、達郎は中央のビーチチェアに腰を落とし、ボトルのキャップを開けた。

オレンジの香りが鼻腔をくすぐり、手のひらに垂らせば、サラッとした粘液の感触に意外な顔をする。

（そんなに粘っこくないんだ。でも透明だし、エロビデオでよく見るローションみた

い）

それにしても、一点のシミもない透きとおるような肌はさすがに十代の女の子だ。

鋭い視線はすぐさま下腹部に向けられ、小高いヒップの膨らみに男心がそそられた。

「先生、早くして」

「あ、うん」

ペニスがひりつきだし、慌てて視線を逸らす。達郎はやや緊張の面持ちで首の後ろから肩、そして前腕部にローション液をすりこんでいった。

もちもちした感触に目を剝き、指を押し返す弾力感に陶然とする。きめの細かい肌がキラキラした輝きを放ち、エロティックな女の魅力を燦々と放った。

「つ、冷たく……ない？」

「ううん、ひんやりしてて気持ちいい」

上半身を塗り終え、最後に残すは下半身のみだ。

（り、里菜ちゃんの気配を察したら、すぐに腕のほうを塗りなおせばいいんだ。でも、大丈夫かな）

ためらいが頭をもたげるも、心の内からほとばしる情動は止められない。

「あ、足のほう……塗るからね」

「うん、お願い」

達郎は太腿の裏にローションを垂らし、手のひらで脹《ふく》ら脛《はぎ》まで伸ばしていった。

尻たぶや鼠蹊部は気にかかるが、さすがに手を出すのは気が引ける。

美紗もあえて指摘せず、うっとりした表情で目を閉じたままだ。

「後ろはもういいよ」

「……え？」

「今度は前を塗って」

少女が身体を反転させるや、性欲溢れる青年の目は乙女のプライベートゾーンに向けられた。

（お、おおっ）

いたいけな恥丘は、紺色の布地を小判形にこんもり膨らませている。

水着のVゾーンは生白い鼠蹊部にぴっちり食いこみ、過敏そうな肌が微かに覗く様が多大な劣情を催させた。

太腿にもむちっとした肉が付き、くっきりしたY字ラインとともに絶妙のコラボレーションを見せつける。欲望のほむらが揺らめき、牡の肉がビキニパンツの中でムクムクと容積を増した。

（やばい、やばいっ！）

タガが完全に外れ、もはや昂る淫情を抑えられない。

六日前は美紗のほうから積極的に迫ってきたため、自室はもちろん、浴室でも秘所をじっくり観察している余裕はなかったのである。

姉妹の女陰を見比べたいという願望が込みあげ、頭に血が昇りすぎて目眩すら起こした。

「はあはあ」

肩で息をし、獲物を狙う鷹のような目つきに変わる。

「じゃ……塗るからね」

「……うん」

小さな声で確認したとたん、あえかな腰がピクリと動き、両足が心持ち開かれた。

（あ、ああっ）

股ぐらの奥を覗けば、内腿の柔肉と鼠蹊部の薄い皮膚が目をスパークさせる。

小悪魔な少女は、あえて挑発的なポーズをとったのか。なめらかな白い肌が牡の本能をことさら刺激し、脳漿はもはや爆発寸前だった。

小さな水着の中に押しこめられたペニスが激しい痛みを訴え、今にも布地を突き破りそうなほど突っ張る。

美紗が目を開ければ、欲情をすぐに悟られてしまうのだが、彼女は涼しげな顔のままプレッシャーを与えた。

「先生、どうしたの？　早く塗ってよ」

「は、はい」

こうなれば、里菜が姿を現す前にやるしかない。太腿の上に粘液を滴らせて伸ばすと、白い肌が光沢を放ち、手のひらにしっとり吸いついた。

ボトルを脇に置き、指を左右に往復させるあいだ、視線は乙女の中心部に注がれたままだ。

(あぁ、ふんわりしてて、おいしそう……美紗ちゃんも、里菜ちゃんと同じで上付きなんだ)

脛《すね》のほうはまったく目に入らず、魅力的なデリケートゾーンに心が奪われる。

亀頭の先端が上縁から飛びでぬよう、達郎は右上方に大きく突きだしたペニスを空いた手で必死に押さえこんだ。

「あ……ン」

美紗は指が股間に近づくたびに腰をひくつかせ、甘ったるい吐息を放つ。それなりに快感を得ているのか、頬と股の付け根がみるみる桜色に染まっていった。

悩ましげな姿態に思考が煮崩れし、ふるんと揺れる内腿に喉を震わせる。次の瞬間、達郎は思わず大きな声をあげそうになった。

決して見間違いではなく、股布の中心部に小さなシミが浮き出ていたのだ。

指づかいが気持ちよかったのか、少女は紛れもなく発情し、肉体の深部から愛の泉を溢れ出させている。

(あ、あ……も、もう我慢できない。おマ×コ見たい)

頭の隅に残っていた理性のかけらは忘我の淵に沈み、獣じみた淫情が深奥部から迫りあがった。

美紗の顔をチラリと見やれば、今度はサクランボのような唇が脳波を乱れさせる。

艶々のリップに顔を寄せた瞬間、彼女は目を開けて顔を背けた。

「先生、何してんの？」

「み、美紗ちゃん、キス、キスっ」

「だめっ！」

唇を奪おうとするも、少女は首を左右に振って許さない。仕方なく首筋に吸いつくと、肌から香る甘やかな匂いが鼻腔から脳幹を痺れさせた。

「いやらしい先生、こんなにおっきくさせて」

柔らかい指先が股間の頂を撫であげ、快感の渦に巻きこまれる。

「む、ふぅっ！」

「きャン！」

あまりの快美から、無意識のうちに強く吸引してしまったらしい。

慌てて顔を上げると、口を押しつけていたところがうっすら赤らんでいた。

「いったぁい」

「ご、ごめん……おふっ」

美紗はお返しとばかりに、勃起に指を食いこませる。ペニスの芯がズキンと疼き、達郎の関心はすぐさま少女の股間に向けられた。

今なら、恥丘の膨らみを触感できるかもしれない。

目を血走らせて右手を伸ばしたとたん、出入り口のドアが音を立て、心臓が一瞬にして縮みあがった。

達郎は反射的に手を引っこめ、ビーチチェアから立ちあがりざま身体を転回させた。

外の景色を眺めている振りを装うなか、里菜はなぜか明るい声で近づいてくる。

「サンドイッチと飲み物、持ってきたよ」

「サンキュー」

美紗は何事もなかったかのように答えるも、達郎の股間はいまだに大きなテントを張ったままなのだから、心臓は口から飛びださんばかりに拍動した。

「何してたの？」

「うん、先生に日焼けどめ、塗ってもらってたんだ」

「そう。私も塗ってもらおうかな」

横目で様子をうかがえば、里菜はにこやかな顔でトレイを丸テーブルの上に置く。

そしてトートバッグを椅子に下ろし、背中に回した手でワンピースのファスナーを下ろしていった。

険悪なムードになるかと思ったのだが、想定外の展開は逆に不安を生じさせる。

# 3

（なんか、嵐の前の静けさって感じだけど……あぁ、今度は美紗ちゃんの真横で里菜ちゃんにローションを塗らなければならないのかよ）

淫らな行為は自重するしかなく、お預けを食らう羽目になるのは容易に想像できるというものだ。

小さな溜め息をついた直後、ワンピースが足元にストンと落ち、心臓の鼓動がいちだんと跳ねあがった。

「あ、あ……」

「な……」

達郎ばかりでなく、美紗も信じられないといった顔で身を起こす。

里菜はスクール水着ではなく、真紅のビキニを着用していた。

しかも、布地面積の異様に少ない超マイクロビキニだ。トップは小さな三角の布地が乳首を隠しているだけで、微乳のほとんどが見えている。

紐状のボトムは際どい箇所をさらけ出し、女芯をかろうじて覆っているに過ぎなかった。

（こんなもの、いったいどこで買ったんだ……あ）

美紗は、達郎の水着を里奈に購入させたと言っていた。

インターネットのサイトで、自分のビキニも物色したのだろう。ふだんはおとなしい女の子だけに、想定外の振る舞いには呆気に取られるばかりだ。

(な、なんてやらしい水着なんだ)

過激なビキニが股間にズシンと響き、ペニスは萎える気配を見せない。

やはり恥ずかしさはあるのか、里菜は頬を赤らめ、目を合わせぬまま真ん中のビーチチェアに寝そべった。

「先生、日焼けどめ塗って」

「……へ？」

あっけらかんとした姉の要求に、妹は眉尻を吊り上げていく。

「ちょっと、今は私が塗ってもらってるんだから」

「あら、もう終わってるじゃない」

確かに美紗の身体で塗り残した場所といえば、デリケートゾーン付近しかない。

姉妹のあいだで見えない火花がバチバチと飛びあい、達郎は何も言えずにただうろたえた。

「先生、塗って」

里菜は目を閉じ、抑揚のない口調で指示を出す。

いったい、どうしたものか。

逡巡したものの、妹のほうだけ日焼けどめを塗るのは不公平というものだ。

美紗が里菜を睨みつけるなか、達郎は様子をうかがいつつ、そろりそろりと歩を進めた。

床に置いたボトルを拾い上げ、いちばん右端のビーチチェアに腰かけたところで、美紗の険しい視線がこちらに向けられた。

（ひっ、こ、怖いっ！）

これまで見せたことのない表情に怯えるも、里菜は涼しげな顔でプレッシャーをかけてくる。

「先生、早く。それとも、私の頼みは拒否するの？」

「あ、いや、そんなことはしないけど」

気まずい立場にびくついた瞬間、美紗はすっくと立ちあがり、頬をプクッと膨らませた。

「トイレに行ってくる」

席をいったん外し、気持ちを落ち着かせるつもりなのか。勝気な妹が出入り口に向かってスタスタ歩いていくと、達郎はひとまず安堵の胸を撫で下ろした。

（あぁ、どうなることかと思った）

緊張感から解放されるも、まだまだ予断を許さない。

とにもかくにも、さっさとローションを塗ってしまおう。そう考えたものの、里菜の肢体に目を向ければ、ビキニがあまりにも過激すぎ、すぐに行動を起こすのはためらわれた。

（間近で見ると、ホントにすごいな。まさか、里菜ちゃんがこんな大胆なことするなんて思ってもいなかったよ）

乳房の輪郭、なめらかな肌の質感、そしてVゾーンの薄い皮膚。見つめているだけで牡の本能に火がつき、萎えかけたペニスが鎌首をもたげはじめる。

それでもどこから塗ったらいいのか、なかなか決心がつかなかった。

「先生、どうしたの？　早くして」

「うん、でも……」

「やっぱり……美紗のほうが好きなんだ」

「へ？」

里菜は目をぱっちり開け、尖った視線を投げかける。そして、口元に冷ややかな微笑を浮かべて非難した。

「聞いたよ。この前の日曜のこと」

「え、え」

姉の言葉が心臓をナイフのごとく抉り、唇をわなわな震わせる。美紗は約束を破り、処女を喪失した事実を里菜に話していたのだ。

(あれほど……口止めしといたのに)

一卵性の双子は考えることもやることもまったく同じで、どうやら一般的な常識論は通じないらしい。嫉妬と怒りに駆られた姉は、過激なビキニを着用することで鬱憤《うっぷん》を晴らそうとしたのだろう。

「い、いつ聞いたの?」

「月曜。先生が帰ったあと。美紗、先生のうちまで行ったんだってね」

「あ、あの、それは、あのときは……」

「お腹から塗って」

里菜はそれ以上追及せず、命令口調で促した。

「う、うん……じゃ、ローション垂らすからね」

こうなれば、やらざるをえない。

達郎は臍の周りに液体を滴らせ、手のひらで慎重に伸ばしていった。

「あ、ンっ」

恥ずかしいのか、くすぐったいのか、里菜は身をピクンと震わせ、甘ったるい声を洩らす。あえて乳房と股間を外した部位に素早い動作でローションを塗りつけていけば、次第に少女の吐息がトーンを高め、全身がピンク色に上気していった。

「ン……はあはあ」

緩やかに波打つ胸の膨らみ、腰をくねらせる姿が色っぽく、達郎の性感も頂上に向かってのぼりつめていく。

最後に残すは胸と股間、乙女にとってはいちばん恥ずかしい箇所だけだ。

(ど、どうすりゃいいんだよ)

デリケートゾーンに触れたときに美紗が戻ってきたら、さらに面倒なことになるだろう。苦渋の表情で迷っていると、里菜は目を閉じたまま催促した。

「まだ塗ってないとこがあるよね」

「で、でも……」

覚悟を決められず、ただ沈黙の時間が流れる。やがて出入り口のドアが開き、美紗がようやく姿を現した。

気分を切り替えたのか、足取りが軽く、なぜかにこやかな顔をしている。

（ど、どうしたってんだ？　ますます怖いんだけど）

身を引き攣らせるなか、妹は姉をチラリと見やり、さも聞こえよがしに言い放った。

「もう、いいんじゃない？　私がいないあいだに、十分塗ったみたいだし」

ホッとする一方、残念な気持ちもある。

どちらか一人だけなら、これほど神経をつかう必要はないのだが……。

（楽しいひとときを過ごせるなんて、考え方が甘かったな）

己の浅はかさを自覚したところで、何の意味もない。早くも疲労感を覚えた直後、美紗の口からこれまた思いがけない言葉が放たれた。

「じゃ、今度は先生の番だね」

「……へ？」

「遠慮することないでしょ。私だって、塗ってもらったんだから」

「そんな……俺はいいよ」

股間の逸物はいまだに反り返り、水着の上縁から飛びださんばかりに昂っているのである。

頬を強ばらせると、里菜が身を起こして相槌を打った。

「うん、そうだよね。ちゃんと、お返ししないと」

「じゃ、先生は真ん中のビーチチェアに寝て」

おそらく美紗は洗面所で反撃方法を練り、浮ついたコウモリ男を懲らしめようと考えたに違いない。

「さ、先生、どうぞ」

里菜が端のビーチチェアに移動し、さも楽しげに含み笑いを洩らす。

彼女もまた家庭教師の不誠実な対応に怒りを覚えており、二人の思惑は図らずも一致したのだろう。

「言っとくけど、仰向けに寝るんだからね」

「そ、そんな!? 俯せじゃ、だめなの?」

「だめっ」

美紗がピシャリと言い放ち、達郎はいやでも覚悟を決めるしかなかった。

「はい……わかりました」

股間を手で隠しつつ、中央のビーチチェアにおずおずと歩み寄る。美少女姉妹は左右のチェアに腰かけ、目をらんらんと光らせた。

(ああ、恥ずかしいけど、チ×ポがまたムズムズしてきた)

これから、美紗と里菜の好奇の眼差しが羞恥の源に注がれるのである。想像しただけで胸が騒ぎ、大量の血液が海綿体に向かってなだれこんだ。

(あ、やばい、やばい……もう収まらないよ)

パブロフの犬さながら、牡の肉が手の下で容積を増していく。

チェアに腰を落とし、泣きそうな顔で仰向けに寝転べば、さっそくボトルを手にした美紗がにんまりした。

「手をどけて」

「あ、でも……」

「どけてっ!」

キッと睨みつけられただけで身が竦み、もはや何も言えない。

股間から手をゆっくり外していくと、美少女姉妹が両サイドから身を乗りだした。

(ああっ、見られてる!)

顔から火が出る思いに苛《さいな》まれ、脳漿がグラグラと煮え立つ。それでもペニスは萎えることなく、こんもりした盛りあがりを存分に見せつけた。

## 4

（ひ、ひどい）

ブーメランパンツの布地が浮き上がり、ウエスト部の微かな隙間から亀頭の先端が覗いている。

窮屈そうな強ばりは、圧迫感から早くも赤黒く張り詰めている状態だ。

「じゃ、ローション垂らすからね」

美紗が胸に粘液を滴らせるや、ひんやりした感触に腰がブルッと震え、徐々に期待感が羞恥心を上まわった。

両脇から手が伸び、ローション液が首筋や腹部に伸ばされる。

にやこかな笑顔を見せる表情は、二人とも変わらない。柔らかい指が上半身を這い、乳首を撫でさすられると、達郎は目尻を下げて喘いだ。

「あ……ん」

女の子のような反応が楽しかったのか、指先がさらに繊細な動きを繰りだす。

爪の先でカリカリと引っ掻き、はたまたくるくると回転させ、乳首から脇腹へと、敏感な部位を集中的に攻めたてた。

そのあいだも彼女らは股間の膨らみをチラチラ見やり、異様な昂奮が牡の血をざわつかせた。

「お、ふっ」

「先生、腰がくねってるけど、ひょっとして感じてるの？」

美紗が意地悪な質問を投げかけ、乳頭を指でつまんでクリクリこねまわす。

「ん、むむっ」

「やだ、乳首が勃ってる」

里菜は軽蔑の眼差しを向ける一方、臍の周りを指先でツツッとなぞりあげ、快感の性電流が肌の表面をさざ波のごとく走った。

ペニスに強靭な芯が入り、股間の逸物がひと際膨らみを増していく。

牡の紋章はフル勃起し、スモモのような亀頭冠がついに水着の上縁からひょっこり顔を覗かせた。

「やぁぁン」

「先生、何を考えてんの？」

「あ、あの、これは……」

身をよじって内腿をすり合わせるも、獰猛な牡器官は隠せない。

姉妹の視線が股の付け根に集中している状況だけで、巨大な昂奮が次々と押し寄せてくるのだ。

「おチ×チンにも、塗ってあげようか？」

「……え？」

美紗の言葉に目を剝き、肉筒がことさら反り返る。

「で、でも、そこは日焼けなんてしないし……」

拒絶の姿勢を見せながらも、放出願望がリミッターを振り切り、白濁の溶岩流が早くも火山活動を開始した。

今、牡の肉に触れられたら、あっという間に射精してしまうかもしれない。

美少女姉妹との二度目の情交を思い描いていた達郎にとっては、何とも悩ましい提案だった。

「あ、ちょっ……」

美紗はこちらの言葉に耳を貸さず、ブーメランビキニに手を伸ばす。里菜もウエストをつまみ、純白の布地を引き下ろしにかかった。

「あ、あ、ま、待って！」

「いいから、腰を上げて」

「あっ、くっ」

慌てて水着を押さえようとするも、二人は女の子とは思えぬ力で脱がそうとする。

臀部の半分が剝きだしになった直後、布地はするりと捲り下ろされ、まがまがしい蛮刀がビンと弾け出た。

「……ひっ」

「いやン」

「すっごい、コチコチだよ」

里菜と美紗は驚嘆の声をあげつつ、水着を膝元まで下ろし、下腹部が余すことなくさらけ出される。

限界まで張り詰めた亀頭、真横にがっちり突きだした雁首、ミミズをのたくらせたような青筋。自分でも目を見張るほどの怒張ぶりに、口をあんぐり開けてしまう。

「あ、あぁっ」

すぐさま股間を隠そうとしたものの、美紗は手首を摑んで制し、さらには強い口調で命令した。

「だめ、手は下ろして。身体の脇に置いて、一直線に伸ばすの」

「そ、そんな……」

「先生、私の言うことが聞けないの？」

キッと睨みつけられただけで、甘美な電流が背筋を這いのぼる。

性的な昂奮は臨界点を飛び越え、牡の本能は卑猥な行為を熱く求めているのだ。

達郎は反論もせず、言われるがまま両手を身体の側面にピタリとつけた。

「素直にそうすればいいの。じゃ、ローション垂らすからね」

ボトルが傾き、とろみのある液体が裏茎に向かって滴り落ちる。

「ん、むうっ」

粘液が肉筒を包みこんでいく光景を目にしたとたん、青年の性衝動は一瞬にして最高潮に達した。

照明の光を反射し、欲情の証がテラテラと妖しい輝きを放ちだす。括約筋が忙しなくひくつき、ペニスの芯がズキズキと疼く。

「あぁン……やらし」

里菜は熱い吐息をこぼし、瞳をうるうるさせた。

ふだんはおとなしい少女も、このときばかりは性的な好奇心を隠そうとしない。

清らかな息が肉筒にまとわりつき、快楽の海原に放りだされる。

覚悟を決めた達郎は来たるべき瞬間に備え、丹田に力を込めた。

「ふふっ。おチ×チン、ぬるぬる」

美紗がボトルを脇に置き、小さな手を剛槍に近づける。同時に里菜も手を寄せ、心臓がバクバクと大きな音を立てた。

柔らかい指腹が雁首と根元付近に巻きついただけで、腰を大きくバウンドさせてしまう。

「ぬ、おおぉっ」

予想を遥かに超えた快感に見舞われ、白濁の砲弾が発射台に装填された。

こんなところで、放出するわけにはいかない。

美少女姉妹との甘いひとときは、まだ始まったばかり。情交はおろか、初々しい女陰すら拝めていないのだ。

「あっ、くっ、ぐぅうっ」

達郎はこれまで、ローションを使用した自慰を一度も経験したことがなかった。

とろとろの液体が潤滑油の役目を果たし、ペニスに多大な快感を吹きこむあいだ、顔を真っ赤にして射出の瞬間を先送りさせる。

(がっ、ま、まさか……こんなに気持ちいいなんて)

射精欲求を何とか自制すると、達郎は熱い溜め息を放ち、肉悦が吹きすさぶ股間を涙目で見下ろした。

「は、はあぁぁっ」

「先生、気持ちいいんだ？」

「はっ、はっ、はっ」

心臓が暴れまくり、美紗の問いかけに答えられない。身も心も紅蓮の炎と化し、早くも頭の中が霞みがかる。

「あ、タマタマが吊り上がってる」

里菜はあっけらかんと言い放ち、ふたつの肉玉を手のひらでスッと撫であげた。

「むうっ！」

天国に舞いのぼるような浮遊感が下腹部を覆い尽くし、思わず身を仰け反らせる。

こちらの反応に触発されたのか、姉はほくそ笑みながら睾丸を弄び、妹は言葉責めで被虐心を煽った。

「先生って、ホントに変態なんだね。おチ×チン、ずっと勃ちっぱなしだよ」

「ああ、ああ」

「何、腰くねらせてんの？」

意識してくねらせているのではなく、勝手に動いてしまうのだ。

どうやら肉体は、さらなる快感と至高の射精を欲しているらしい。

媚びた眼差しを向けたところで、美紗はクスリと笑い、ローション液にまみれた肉筒をしごきはじめた。

「あっ！」

「あぁン、熱くて硬い。手の中でビクビクしてる」

くちゅくちゅと淫らな水音が響き、リズミカルな抽送が脳幹を激しく揺さぶる。

奥歯をギリリと噛みしめても、快感の暴風雨は青年の自制心を根こそぎなぎ倒し、さらに勢力を強めていった。

「おうっ、おうっ」

オットセイにも似た呻き声をあげ、足の爪先を内側に湾曲させる。肌から汗が滝のように噴きこぼれ、全身の細胞が歓喜の渦に巻きこまれる。

脳幹がバラ色の靄《もや》に覆われた瞬間、激流と化した牡のエキスが出口に向かってなだれこんだ。

「あ、あ……イクっ、イッちゃいそう」

泣き顔で放出間際を告げたとたん、美紗は抜群のタイミングで手コキをストップさせ、行き場を失ったザーメンが副睾丸へ逆流する。

あまりのやるせなさから、達郎は身をよじって咆哮した。

「う、おおおおおっ！」

「はい、選手交代。今度は里菜の番だから」

姉は頬を染め、手をゆっくり伸ばして亀頭と雁首を握りこむ。そしてこちらは短いストロークから、いちばん敏感な箇所に刺激を与えていった。

「あ、ああっ、先っぽは、先っぽはぁぁっ！」

いったんは鎮火しかけた情欲が息を吹き返し、再び沸点に近づいていく。

達郎はいつの間にかビーチチェアの両端を鷲摑み、腰を上下左右に振っていた。人間としての尊厳すら吹っ飛ぶほどの快美にじっとしていられず、傍から見れば、まさに悶絶という表現がぴったりの乱れようだったかもしれない。

里菜はこちらの顔を注視し、手筒のスライドをさらに加速させた。

唇が乾くのか、舌先で何度もなぞりあげる仕草が悩ましく、性感が頂点に向かって一足飛びに駆けのぼる。

「ああっ、イクっ、イッちゃう！」

「美紗、交替」

「ぐっ！　ぐふぅぅっ」

大いなる期待感はまたもや空振りに終わり、切ない心情が身を焦がした。

（あぁ……里菜ちゃんにまで、寸止めされるなんて）

腰には痙攣が走りつづけ、内腿の筋肉は完全に引き攣っている。美紗は指を再び怒張に絡ませるや、目を細めて問いかけた。

「先生、イキたい？」

「はあはあ……イキたい、イキたいです」

「どうしよっかな。フラフラした先生には、もっとキツいお仕置きが必要な気もするけど」

「そ、そんな……もう限界です」

口をついて出てくる言葉がなぜか丁寧語になり、意識せずとも媚びた視線を送ってしまう。

小悪魔な妹は勝ち誇った表情を見せたあと、冷ややかな笑みをたたえて答えた。

「じゃ、お願いして」

「イ……イカせてください」

己の情けなさに苛まれるも、主導権は二人の美少女が握っているのだ。

「里菜は、タマタマを気持ちよくさせて」

「うん、わかった」

以心伝心とばかりに、姉は妹の指示に従い、陰嚢を捧げ持ってはコリコリと揉みしだく。

「おふっ」

心地いい浮遊感に酔いしれた直後、美紗はローション液をたっぷり振りかけてから、猛烈な勢いで肉筒をしごきたてた。

「あ、おおぉぉぉおっ！」

ぐちゅん、ぐちゅん、びちゅ、ずちゅちゅちゅちゅっ！

淫猥な抽送音がプール内に反響し、牡の肉が青竜刀のごとくしなる。

美紗は雁首から根元まで、大きなストロークで指をやみくもにスライドさせた。

色とりどりの閃光が脳裏で瞬き、甘い戦慄に生毛が逆立つ。思考が雲散霧消し、射精欲求が臨界点を突破する。

臀部をチェアから浮かせたところで、美紗は順手から逆手に持ち替え、手首を返しながら肉胴を絞りあげた。

「ぐ、わぁぁあぁっ！」

ぐちゅるるるるっと、手のひらと怒張の隙間から空気混じりの破裂音が鳴り響き、きりもみ状の刺激がペニスの芯に吹きこまれる。

(こ、こんな、こんなっ!?)

巧緻《こうち》を極めたテクニックは、とても十二歳の少女のものとは思えない。

頭を掠めた疑念は一瞬にして快楽の高波に呑みこまれ、達郎はまばゆい光の中に放りだされた。

「ああっ、イクっ、イックぅぅぅっ！」

喉が割れんばかりの大絶叫が空気を切り裂き、身体がアーチ状に反り返っていく。

「きゃっ、出たっ！」

「いやンっ！」

鈴口から噴流したしぶきは天高く飛び跳ね、放物線を描いて達郎の下顎を打ちつけた。もちろん欲望の放出は一度きりでは終わらず、二発三発四発と、飽くことなき吐精を繰り返す。

「すっごぉい」

「信じられない……まだ出るよ」

感嘆の言葉は、もはやどちらが放ったのかわからない。陶酔のうねりに身を委ねたまま、首筋や胸板に受ける灼熱の感触をうっすら覚えるだけだ。

「一滴残らず、搾り取ってあげないと」

美紗の手コキは射精が途絶えても怯まず、手のひらで皮を鞣《なめ》すようにしごきたてる。

たっぷりの放出感に浸った達郎はチェアに深く沈んだあと、意識を遠くに飛ばしていった。


気を失っていたのは、ほんの二、三分だったのかもしれない。だが快楽の虜になっていた達郎には、十分にも二十分にも感じられた。

柔らかい布地の感触に目をうっすら開けると、美少女姉妹はスポーツタオルで身体に付着したザーメンを拭き取っていた。

「あぁん、タオルがベトベト」

「相変わらず、すごい匂い……あ、先生、気がついた」

美紗が甘くねめつけ、里菜がクスクス笑う。

「先生」

下腹部はいまだに丸出しの状態で、達郎は気恥ずかしさから身をよじった。

「……え？」

「たくさん出したね」

「ご、ごめん」

「おチ×チン、まだ勃ってるよ。まだ出し足りないわけ？」

「そういうわけじゃないけど」

「じゃ、どういうつもり？」

「美紗、そんなにいじめたら、先生がかわいそうでしょ」

「だって……」

里菜が助け船を出すも、美紗はいかにも不満げな様子だ。

勝ち気な性格だけに、姉の過激なビキニ姿に鼻の下を伸ばしていた姿が許せないのかもしれない。

「あまりにも気持ちよかったから」

「先生が、変態なだけでしょ」

日焼けどめのローションを使用したトルネード手コキは、この世のものとは思えぬ快感を与えた。

（美紗ちゃんだけじゃない。里菜ちゃんだっていやらしい水着を着て、タマ攻めしてきたし）

冷静に考えれば、やはり現実のことだとは考えられない。しかも二人は、ほんの数日前まで間違いなく処女だったのである。

「ふ、二人とも、どうしてそんなにエッチなの？」

あくまで照れ隠しから疑念をぶつけると、姉妹は笑みを潜めて顔を見合わせた。

「ひょっとして、インターネットから仕入れたの？」

「インターネット？」

「つまり、アダルトサイトとか」

「ううん、私たちのスマホもうちの中にあるパソコンも観られないよ」

里菜が真顔で答えた直後、美紗が意味深な笑みを浮かべた。

「先生、知りたいの？」

「……え？」

お嬢様の外見とは裏腹に、彼女らの早熟さには特別な理由があるのだろうか。

何気ない質問から思いがけない展開になり、好奇心がくすぐられる。

「知りたいんだったら、教えてあげてもいいよ」

「ちょっと、美紗」

姉が困惑げな表情でたしなめると、達郎は身を起こして二人の様子をうかがった。

（おいおい、マジで何かあるのかよ）

父親の秘蔵のエロビデオを盗み見しているのか、それともおませな友だちから知識を仕入れたのか。

「いいじゃない。別に隠すことじゃないし」

「でも……」

「それに、先生がどう思うのか、知りたいし。そう思わない？」

「それは……確かに思うけど」

「じゃ、決まったね」

美紗はこちらに向きなおると、ややトーンの高い声で了承した。

「あとで教えてあげるから、早く泳ごうよ。せっかく来たんだし」

「あ、う、うん、そうだね」

里菜の様子を探ると、彼女はまだ迷っているらしい。

（そんなにためらうことなのか？　いったい、何なんだよ）

難しい顔をしている姉をよそに、活発な妹は温水プールに飛びこんで手招きする。

「ああ、あったたくて、気持ちいい。二人とも、何やってんの？　早く入りなよ」

「……うん」

里菜がプールにしずしずと歩を進めるなか、達郎はペニスを晒したまま怪訝な表情を浮かべるばかりだった。

# 第五章　姉妹の秘密と絶頂交姦

## 1

午後三時過ぎ、三人はホテルをあとにし、帰宅の途についた。

プール遊びを早めに切りあげたのは美紗からの提案で、達郎は小首を傾げながらも素直に応じるしかなかったのである。

(あとで教えてあげるって言ってたし、たぶんそのことで予定を変更したんだよな。でも……いったい何だろ？)

車を運転している最中、脳みそをいくら絞っても予想はつかない。

バックミラー越しに後部座席を探ると、里菜は先ほどとは打って変わって平然としていた。

おそらく、達郎がトイレに行った際、美紗に説得されたのだろう。

何が話されたのかもうかがい知れず、疑問はますます深まるばかりだ。

(あ……美紗ちゃんの首)

キスマークが残ってしまったのか、彼女は左の首筋に絆創膏を張っていた。

申し訳ないという気持ちはあるものの、本音を言えば、姉妹と酒池肉林の世界をたっぷり味わいたかった。

休暇中に三人だけで過ごす機会は、もう二度とないかもしれないのである。

淫らな仕打ちを受けたとはいえ、一度きりの射精では満足できず、下腹部にはいまだに情欲が燻《くすぶ》っている。

(美紗ちゃんのローションユ手コキもすごかったけど、里菜ちゃんの過激なビキニ姿もたまらなかったよな。あぁ……やりたい)

ズボンの下のペニスが重みを増す頃、美紗が身を乗りだして声をかけた。

「先生、別荘の裏手のほうに回ってね」

「え？　裏手って」

「次の道を左に曲がるの」

「わ、わかった」

コクリと頷き、横道に折れて、別荘の塀伝いに車を徐行させる。やがて、裏口と思われる小さな門が見えてきた。

「ストップ。そこらへんで停めて」

「え？　こんなとこで？」

「いいから、停めて」

今は、指示どおりにするしかない。車を路肩に停車させると、美少女姉妹は揃って車を降り、達郎は仕方なくエンジンを切ってあとに続いた。

里菜がワンピースのポケットから鍵を取りだし、裏門の横にあるスチール製の扉を開け放つ。そして、涼やかな顔で敷地内に促した。

「さ、どうぞ」

扉付近は常緑広葉樹が連なり、その向こうにはゲストハウスとテニスコートが見て取れる。

（こんなところから入って、どうするつもりだよ）

得体の知れない緊張感に包まれ、達郎の顔から血色が失せていった。

「先生、私についてきて」

「あ、う、うん」

美紗が先陣を切って歩きはじめ、扉の内鍵を閉めた里菜が達郎の背後からついてくる。妹はゲストハウスの横を通りすぎ、やや早足で別荘に向かった。

「この洋館、ちょっと年代を感じるでしょ」

「確かに……ひょっとして、おじいちゃんが建てたのかな？」

「ううん、パパが気に入って、三年前に売りに出されていたこの別荘を買ったの。前の持ち主はどこかの大きな会社の社長さんだったらしいんだけど、倒産しちゃったんだって」

「なるほど……それで別荘を手放したってわけか」

「ここからは、大きな音を立てないでね」

別荘の裏口に到着すると、美紗は小声で告げ、扉をゆっくり開ける。そして素早く室内にすべりこみ、廊下の端にある部屋のドアノブを回した。

「こっちよ」

壁際のスイッチを入れるや、仄かな明かりがともり、階下への階段が目に入る。

（……地下室か？）

薄暗い室内はかび臭く、不気味な雰囲気を漂わせていたが、姉妹はためらうことなく階段を下り、達郎も忍び足で彼女らの後ろをついていった。

コンクリート剝きだしの地下室は、二十畳ほどの広さがあるだろうか。

別荘を購入してからさほどの時間が経っていないせいか、古い家具などの不要品はほとんど見当たらない。右サイドには金属製の棚が設置され、工具箱や懐中電灯などが無造作に置かれていた。

「この別荘を買うとき、ママは最初は反対してたの。特にこの地下室は気味悪がって、絶対に入ってこないんだ」

「確かに……そうかも」

高潔でセレブ感の強い留美子なら、さもありなん。納得した直後、美紗はなぜか階段脇の壁に取りつけられたブレーカーボックスに歩み寄った。

(ん、あの横にある小さな扉は何だ？　上のほうに鍵穴がついてるけど)

怪訝な顔つきで見守ると、妹は壁際で立ち止まり、銀色の取っ手を引っ張る。

扉はガタガタと音を立てるばかりでいっこうに開かず、どうやら鍵がかけられているらしい。

「先生、これ、何だと思う？」

「さ、さあ……見当もつかないけど、なんか気になるよね」

「私たちも、この別荘に来たときからそう思ってたんだ。ブレーカーの扉は、簡単に開くのに。でね、一昨年の夏、里菜といっしょにこの洋館の中を探検したの。そしたら……」

「そしたら？」

「二階の階段の踊り場に、大きな絵が掛けられてるでしょ？」

「……うん」

「あの絵は前の持ち主のものらしくて、最初からあったものなんだけど、その額縁の裏に小さな鍵があることを発見したの。たぶん、ここの鍵じゃないかなと当たりをつけたわけ……里菜」

姉が妹のもとに歩み、ワンピースのポケットから鈍い光を発する鍵を取り出す。

受け取った鍵で小さな扉が開けられると、赤いボタンがあり、達郎は緊張から喉の奥を干あがらせた。

美紗がボタンを押したとたん、ゴトゴトと低い音が響き、金属製の棚が横にスライドしていく。

「え、え？」

驚きの表情で身構えるなか、隠し通路が目の前に現れた。

里菜が駆け寄りざま壁際にあるスイッチを入れ、裸電球の明かりが細い通路の奥にある階段をぼんやり照らす。

「さ、行きましょ」

「あ、ちょっ……」

姉妹は何度も利用しているのか、平然とした顔で人一人が通れる通路に足を踏み入れる。達郎は背中を丸めてあとを追い、あたりをきょろきょろ見回した。

(この通路、いったいどこまで続いてるんだ？　上への階段があるってことは、一階に向かうってことだよな？)

階段をゆっくり昇っていくと、またもや狭い通路が現れる。

こちらは照明の明かりが届かず、目を凝らすと、十メートルほど先の壁から楕円形の光が洩れていた。

美紗と里菜は奥に向かって歩きだし、達郎も恐るおそる歩を進める。

(どうやら、この先は行き止まりになってるみたいだな。古そうな椅子がひとつだけ置いてあるけど、いったいここは何なんだよ)

突き当たりの壁が迫ってきた直後、妹は振り返りざま、明るい光を放つ方向を指差した。

「先生、見て」

壁には縦五十センチ、横三十センチほどの楕円形のガラスがはめこまれている。

「……あ」

そっと覗きこんだ達郎は大きな声をあげそうになり、慌てて口を両手で塞いだ。

ガラスの向こうに佇む女性は紛れもなく留美子だったが、いつもの貴婦人とはかけ離れた恰好をしていた。

彼女はなんと、深紅のボンデージを身にまとっていたのである。

2

エナメルの衣服が、照明の光を反射してなまめかしい光沢を放つ。

留美子はグロス入りのルージュを唇にべったり塗り、口元に淫蕩な笑みを浮かべていた。

量感をたたえた乳房の半分が露出し、くっきりした胸の谷間が目に映える。Vゾーンの布地は腰のあたりまで切れこみ、生白い鼠蹊部と太腿が剝きだしになっていた。

ロンググローブとヒールの高いロングブーツも同色で、どこからどう見ても女王様としか思えない。

「あ、わわっ」

留美子の目がこちらに向けられると、達郎はびっくり眼でしゃがみこんだ。

「大丈夫。このガラスはマジックミラーになってて、向こうからは見えないから」

里菜が囁き声で安心感を与えようとするも、恐怖心に身が強ばる。

「あっちの部屋は、お洒落な縁取りのある鏡になってるの。大きな音を立てなければ、気づかれることはないわ」

今度は美紗が補足してくれ、腰をためらいがちに上げれば、室内の様子がはっきりわかった。

どうやら、この部屋は夫婦の寝室らしい。左奥に大きなダブルベッドが置かれており、右隅にはクローゼットらしき扉が見て取れる。

(そ、それにしても、何だってこんな造りにしたんだ?)

前の持ち主が考案し、覗き部屋を作らせたとしか思えなかった。

妻を見張るためのものなのか、それともいかがわしいパーティを開き、ここからこっそり覗いて楽しんでいたのか。

何にしても、先住者は色事に対してよほどの好事家だったに違いない。

「ふふ、ちょうどよかったみたい」

美紗が含み笑いをこぼしたところで、右方向から全裸の男性が四つん這いの恰好で現れる。

「あ、あ……」

男の顔を目にした瞬間、達郎は口をあんぐり開け放った。

（あ、あいつは……）

先週の水曜日、玄関先でばったり出くわした男性で、留美子は彼を佐伯と呼んでいたか。逞しい身体つきの男は彼女の前までやって来ると、額を床にすりつけ、同時に美紗がガラスの真横にあるスイッチを入れた。

「女王様、よろしくお願いします！」

嗄れた声が頭上から響き、顔を上げれば、壁にスピーカーが備えつけられている。

（向こうの部屋には、盗聴器まで仕掛けてあるんだ）

驚きの連続で、もはや溜め息すら出てこない。

隠し通路を開く扉の鍵は姉妹が見つけたのだから、留美子はもちろん、父親も不動産屋もこの造りは知るよしもないのだろう。

再び視線をマジックミラー越しに注いだ直後、留美子は片足で佐伯の肩を踏みつけ、さも満足げな笑みをたたえた。

「ふふ、どうしてほしいの?」

「この変態男に、女王様のご寵愛をくださいませ」

「ホントに、根っからの変態だね」

幅の狭い股布が鼠蹊部にぴっちり食いこみ、こんもりした蠱惑的《こわくてき》な膨らみを見せつける。

(あ、あぁ)

目の前に立つ女性は、本当にあのセレブ然としていた留美子なのか。

アイシャドーを施した目元は切れ長に変わり、唇の輪郭からはみ出した艶めく唇がエロチックな雰囲気を際立たせる。

ふだんとのギャップに胸が締めつけられ、沸々と滾りはじめた血液が股間の一点に向かって流れこんだ。

美紗も里菜も両脇から覗きこみ、真剣な表情で室内の様子を見つめている。

姉妹は、いつから母親と間男との関係に気づいていたのだろう。

相手の男は父親の部下であり、背徳的かつ倒錯的な関係を築いているのである。

たとえ肉体関係がなかったとしても、不貞行為と見られても不思議ではないのだ。

「立ってごらん」

留美子の指示に、佐伯は喜び勇んで立ちあがり、股間から隆々と聳え立つ男根をさらけ出した。

(で、でかいっ！)

遠目からでも、彼の巨根ぶりはよくわかった。

栗の実にも似た亀頭、肉傘が突きだした雁首、胴体はコーラ瓶並みに太く、稲光を走らせたような静脈がびっしり浮き出ている。

猛々しい剛直ぶりに惚けたものの、達郎はすぐさま怒張の根元と陰嚢に装着された革のベルトに気がついた。

(ネットで見たことがある。ペニスを拘束するＳＭグッズだ)

根元がギューギューに締めつけられ、革の輪っかから突きだした陰嚢はテカテカと輝いている。

呆気に取られる最中、留美子は冷ややかな口調で佐伯を嬲った。

「誰が、勃たせていいって言った？」

「も、申し訳ありません！　お許しくださいませ!!」

「言ったわよね？　勃起は許可制だって」

「た、溜まっていましたので……はあはあっ」

男は異様な昂奮状態にあるのか、声が完全に上ずっている。

「ん？　何？　聞こえない」

「もう一カ月も出していないので、溜まりに溜まってるんです！」

「ふうん……自分で外して、してたんじゃない？」

「そんなことは、絶対にいたしません！　女王様のお言いつけどおり、ずっと着けて我慢しておりました!!」

彼の言葉が真実なら、玄関前で顔を合わせたときも拘束具を着けていたということだ。

「ふうん、じゃあ、ご褒美をあげないとね」

「あ、ありがとうございます！」

留美子がにっこり笑い、佐伯が腰をブルッと震わせる。次の瞬間、深紅のグローブが空を切り、手のひらがペニスの側面に打ち下ろされた。

パシーンと乾いた音がスピーカーから洩れ聞こえ、思わず肩を竦める。

女王様は目尻を吊り上げ、怒張への往復ビンタを怯むことなく繰り返した。

「あ、おおっ、あ、はぁぁっ」

打擲音《ちようちやくおん》が響くたびに佐伯は甲高い声をあげ、顔が恍惚に歪んでいく。彼にとっては、手ひどいスパンキングも最高のご褒美なのかもしれない。

ペニスは萎えるどころかさらに反り勃ち、強靭な裏茎の芯を剝きだしにさせた。

「ああっ、イクっ！　イッちゃいます!!」

「イケるものなら、イッてごらん！」

「イクっ、イックぅぅっ……ぐっわぁぁぁっ!!」

佐伯は腰を折って、断末魔の悲鳴をあげる。

ペニスの根元と陰嚢を拘束された状態では、どう考えても射精は不可能だ。

イキたくてもイケない苦しみを推し量り、達郎自身も口をひん曲げる。それでも股間の逸物は煮え滾り、全身が火の玉のごとく燃えさかった。

SMにさほどの興味はなかったが、留美子のような美しい女性なら苛まれてみたい気もする。

同時に小学生時代、女子から受けた性的な仕打ちが頭に浮かび、胸の奥がキュンと締めつけられた。

（お、俺って……やっぱりMっ気が強いのかも）

ズボンの下のペニスが、理屈抜きで膨張していく。美少女姉妹も昂奮しているのか、両脇からぬっくりした熱気が漂い、小高い胸の膨らみが緩やかに波打っていた。

「外してほしい？」

「は、外して……ほしいです」

「じゃ、ちゃんとお願いして」

留美子がやや甘い声で告げると、達郎はハッとした。

（さっきの美紗ちゃんと、言い方がそっくり。き、きっと何度も覗き見してるんだ）

当然、里菜もいっしょに母親の痴態を目に焼きつけていたのだろう。

姉妹に性的な知識があったのも理解できたし、こんな過激なシーンを目にしたら、おませになったのも頷ける。

喉をゴクンと鳴らした瞬間、だらしなく口を開けた佐伯が涙目で哀願した。

「は、外してください。お願いします」

「ふふっ、仕方ないわね。いいわ、お望みどおりにしてあげる」

「ぐ、むむっ」

拘束具のホックが外され、ペニスに食いこんだ革ベルトがはらりとほどける。

痛みがあるのか、男は内股の姿勢から低い唸り声を絞りだした。男根は勃起状態を維持したまま、丸々とした亀頭冠が待ち切れんばかりにわななく。

（一カ月も我慢してたら、無理もないよな。俺だったら、間違いなく性獣になっちゃうよ）

留美子が亀頭の真上から唾液を滴らせると、ビンタで赤く腫れたペニスが玉虫色に照り輝いていった。

「あぁ、女王様、ありがとうございます！」

「お前のチ×チン、全然小さくならないね」

「はいっ、この日を待ちわびてましたから！」

「ホントに我慢してたんだ？」

「はいっ、いやらしいことばかり考えてました……あ、ふぅ」

しなやかな手が肉筒を握りこみ、グローブ越しの抽送が開始される。

くちゅくちゅと淫らな音が洩れ聞こえ、男の逞しいペニスがことさらしなった。

（あ、あぁ……すごい手コキ）

手のひらが根元から先端をしごきあげ、手首を何度も返しては怒張を絞りあげる。

美紗が先ほど見せた手筒は、明らかに母親のやり方を踏襲したのだ。

「いやらしいことって、何を考えてたの？」

「は、はいっ！　手でしごいてくれたり、お口でしてもらったり、おしっこ飲ませてくれたり、おマ×コに私の汚いチ×ポを挿れてくれたりですぅっ!!」

「は？　そんなことまで考えてたの？」

「も、申し訳ありません、ぬ、くぅぅぅっ」

留美子は目を吊り上げ、亀頭冠を指でつまんでグリッとこねまわした。

「あ、あ……イクっ、イッちゃいます」

「私の許しを得ないで勝手にイッたら、もっとひどいお仕置きするからね！」

「は、はいぃぃぃっ！」

ペニスがまたもやはたかれ、佐伯の顔が苦悶に歪む。

切羽詰まった状況に追いこまれる一方、よほど気持ちがいいのか、全身の肌が痙攣を繰り返し、いつ発射してもおかしくない状態に見えた。

「そう、そんなにおしっこ飲みたいんだ？」

「飲みたい！　飲みたいですっ!!」

「突っ立ったままで、飲む気？」

美しき女王様は冷笑を浮かべ、股ぐらに右手をすべりこませる。ヒップのほうからジッパーが下ろされていくと、達郎は目を剝き、手に汗を握った。

（あぁ……あのボンデージ、股間は開閉できるようになってるんだ）

倒錯的な光景が頭に浮かび、ペニスがジンジンひりつきだす。

佐伯が床に膝をついた瞬間、留美子はまたもや片足を頑健な肩に乗せ、女の園を剥きだしにさせた。

（お、おっ……パイパンだっ！）

美麗な貴婦人は、恥毛をすべて剃り落としていた。

チェリーピンクの陰唇とふっくらした大陰唇がさらけ出され、青年の目を矢のごとく射抜く。

彼女自身も昂奮状態にあるのか、肉びらは厚みを増し、狭間から微かに覗く内粘膜はねっとりした粘液をまとってキラキラと光っていた。

「ほら、たっぷり出してあげるから、全部飲み干すんだよ」

「は、はいっ！」

「口を開けなっ！」

彼にとって、聖水拝受は何ものにも代えがたい褒美なのかもしれない。

顔が一転して輝き、言われるがまま口を大きく開く。

留美子が女肉のあわいをひくつかせるや、シャッという音とともに黄金色の液体がほとばしり、計ったかのように佐伯の口腔に注がれた。

（あぁ……おしっこ飲んでる）

倒錯的なプレイの連続に度肝を抜かれながらも、股間の逸物は熱い脈動を繰り返すばかりだ。美少女姉妹が両サイドから注視しているというシチュエーションも、達郎に峻烈な昂奮を与えていた。

「ああ、おいしいっ！　おいしいです!!」

佐伯は喉仏を上下させ、驚いたことに大量の聖水を一滴残らず嚥下《えんげ》する。

「お口で、ちゃんときれいにして」

「かしこまりました！」

女王様の命令は絶対なのだろう。彼は雫を滴らせる女陰に顔を埋め、分厚い舌でスリットをベロベロと舐めあげた。

「ン、ふぅ」

留美子が初めて眉根を寄せ、唇を噛みしめる。目元がねっとり紅潮し、官能的なカーブを描くヒップが微かにくねりだす。そして舌先で唇をなぞりあげたあと、佐伯の分厚い胸板を手でつついた。

「……あ」

不意を突かれた男はもんどり打って倒れこみ、目を少年のようにきらめかせる。

「おマ×コに挿れたいんだろ？　望みを叶えてあげるよ」

「あぁ、女王様、ありがとうございます！」

留美子は浅黒い腰に跨がり、下腹に張りついたペニスを垂直に起こしてヒップを沈めていった。

（おいおい、嘘だろ。やっちゃうのかよ）

娘らの前で、母親が間男と禁断の関係を結ぼうとしているのだ。

やるせない展開に胸が締めつけられるも、果たして巨根が膣口をくぐり抜けるのか、今の達郎はそちらのほうが気になった。

固唾を呑んで見守るなか、留美子はM字開脚の体勢から肉槍の穂先を濡れそぼつ恥割れにあてがう。

「ン、ン、ンっ」

陰唇が目いっぱい開くも、かなりの圧迫感があるのか、彼女はさも苦しげに美貌を歪めた。

（あ、あ、入っちゃう、入っちゃう）

脂汗が額に滲む頃、反り返る肉筒はとば口を通過し、ズブズブと奥に向かって埋没していく。

「ン、はぁあぁぁっ！」

留美子は形のいい顎を突きあげ、ソプラノの声を高らかに響かせた。

「ぐ、ぐうっ……き、気持ちいいです」

「ひっ！」

佐伯が下から腰を突きあげると、美熟女は瞳に動揺の色を走らせる。

「だ、だめよ、勝手に動いたら……ン、はっ！」

すでに我慢の限界を迎えているのか、男は女王様の命令を聞き入れず、しゃにむに強烈なピストンを見舞っていく。

高潔な姿勢を崩さなかった女王様は瞬く間に女の顔に変わり、甘ったるい声音を間断なく放った。

「あ、ンっ、やン、や、はぁあぁぁっ」

留美子も負けじとばかりにヒップを打ち揺すり、露出した肌が汗でぬらつきはじめる。もちろん陰部を遮るものはなく、結合部は丸見えの状態で、スピーカーから卑猥な破裂音が絶え間なく洩れ聞こえた。

ぐぽっ、じゅぽっ、ぐぷっ、ぬぽっ、じゅぷん、ずちゅん！

男と女のまぐわいはあまりにもみだりがましく、獣の交尾を連想させる。

二人の熱気と淫らな性臭が、ミラー越しに漂ってくるかのようだ。

達郎自身も、今や限界を迎えていた。

姉妹が早熟な原因は想像以上の衝撃で、なおかつ扇情的な光景を延々と見せつけられたのである。三人の体温が呼び水となり、狭い廊下はムンムンし、全身の毛穴から大量の汗が噴きこぼれた。

手の甲で額を拭った瞬間、下腹部に甘美な電流が走り、柔らかい手のひらが硬直の逸物をやんわり揉みこむ。

(……あ)

驚いたことに、股間へ手を伸ばしてきたのは里菜だった。

姉はとろんとした目を室内に向けたまま、切迫した吐息を洩らす。

首筋は汗の皮膜をうっすらまとい、舌先で唇を何度もなぞりあげる仕草はまごうことなき発情を物語っていた。

里菜の所為に気づいたのか、美紗の手も逆側から差しだされ、マストの張った男の証をギュッギュッと握りこむ。

(おっ、おっ……やばい、イッちゃいそう)

頭の中で白い火花が飛び散る寸前、姉妹は股間から手を離し、手首を同時に摑んで引っ張った。

「先生、行こう」

「……え？」

室内の男女は、佳境に向かって激しい痴態を演じている。後ろ髪を引かれたものの、触りつづけられてズボンの中に放出するわけにはいかない。もちろん、狭い廊下で姉妹と淫らな行為に耽るわけにもいかなかった。

「早くっ」

廊下を逆戻りし、階段を駆け足で下りていく。

地下室に出ると、里菜はボタンのスイッチを押し、棚がスライドして秘密の通路を再び塞いでいった。

姉がカバーに鍵をかけるあいだ、先ほどの疑問点を妹にぶつけてみる。

「ママとあの男の関係は、いつ知ったの？」

「一昨年の年末。やっぱりパパが仕事で別荘を離れた日の夜、里菜が部屋のベランダから佐伯さんの姿を見かけて、おかしいなと思ったんだ。あの人が来るなんて、まったく聞いてなかったから」

「そ、そう」

「最初は興味本位で覗きにいったんだけど、すごくびっくりした」

「……だよね」

そのときの姉妹のショックは、容易に想像できる。達郎はもうひとつの疑問を、ためらいがちに問いかけた。

「何度か……目にしてるんだ？」

「五、六回ぐらいかな」

「そ、そんなに」

「去年の夏休みは長くこっちにいたから、私たちが知ってるだけでも真夜中に三回も来てた。今回の佐伯さんは夜に来る都合がつかなくて、たぶん昼間に会おうってことになったんだと思う。先生に私たちの面倒を任せたから、美紗とも、また来るんだろうねって話してたんだ」

今度は里菜からの説明を受け、ひたすらぽかんとする。

何のことはない。留美子は、娘らを別荘から遠ざけるために休暇中の家庭教師役を頼んだのだ。

「さ、急ごう。六時まで、のんびりしてる時間ないし」

「ど、どこへ行くの？」

「ゲストハウス」

「あそこなら、声が別荘まで届くことはないから。先生、早く」

美紗と里菜は矢継ぎ早に促し、ワンピースの裾を翻して階段を昇っていった。

（な、なるほど）

確かにゲストハウスなら、今の留美子に知られる可能性はゼロに等しいだろう。

時刻は、午後四時を回ったばかり。留美子が間男との逢瀬を終わらせる時間を差し引けば、姉妹と三人だけで過ごす時間は一時間ほどだろうか。

（また裏口からこっそり出て、六時に正門側から戻れば、何の不自然さもないわけだ。なるほど、なるほど！）

美少女らとの淫靡な光景が脳裏を駆け巡り、股間の逸物がいちだんと昂る。

達郎は逸る気持ちを抑えつつ、脱兎のごとく階段を駆け昇っていった。

3

ゲストハウスは敷地内の隅、小高い丘陵の上に建てられている。

美紗と里菜が部屋の扉を開けて入室するや、達郎も鼻息を荒らげてあとに続いた。

室内はきれいに整頓されており、ふたつのシングルベッドの他にテレビや冷蔵庫が完備されている。

奥にあるドアの向こうは浴室とトイレだと思われたが、今の達郎には部屋の造りなどどうでもよかった。

背徳的かつ倒錯的なシーンをいやというほど見せつけられ、パンツの中は熱気がこもり、裏地はおびただしい量の前触れ液でぐしょ濡れなのだ。

(五回も六回も覗いてたなんて……)

留美子と佐伯は肉体関係まで結んでいるのだから、姉妹はフェラチオや精液を噴出するシーンも目にしているに違いない。

いや、それどころか、もっと淫らな光景を目撃していることも考えられる。

男根は待ったなしに反り勃ち、早くも熱い脈動を訴えた。

「あぁ……美紗ちゃん、里菜ちゃん」

本能の赴くまま、ふらふらと近づいては瑞々しい胸の膨らみに手を伸ばす。

とたんに手の甲を美紗にピシャリと叩かれ、達郎は我に返った。

「あ、つっ」

「何やってんの?」

淫靡なＳＭプレイを目の当たりにし、美少女姉妹も発情していたのは間違いないのである。それが証拠に、二人の頬はいまだに上気し、黒目がちの瞳が潤んでいた。

「どういうつもり？」

「あ、だって……もう……我慢できないよ」

「してほしいわけ？」

美紗に問い詰められ、恥ずかしげにコクリと頷けば、里菜が真顔で口を開いた。

「大切な話があって、ここに来たんだから」

「大切な……話？」

「プールで、先生がトイレに行ったときに美紗と話したの」

「な、何を？」

「本当は、里菜と私のどっちが好きかってこと」

てっきり仲直りしたと思ったのだが、二人のライバル心はそう簡単に収まらないらしい。

「はっきり、どちらが好きか決めてほしいの」

「……へ？」

究極の選択に頬を強ばらせると、美紗が間合いを詰めながら追い打ちをかける。

「へ、じゃないでしょ。乙女の気持ちを、さんざん踏みにじって。私たち、ものすごく怒ってるんだからね」

「あ、わわ……二人とも好きじゃ、だめなの？」

「だめっ」

二人が同時に言い放ち、背中を冷たい汗が流れる。

(どちらかに決めろなんて、無理だよ……顔はまったく同じなんだし)

肩を竦めた直後、妹が意味深な笑みを浮かべ、心臓がドキンと高鳴った。

「ゴールデンウィークが終わったら、答えを出してもらうから」

「ええっ！」

「家庭教師の初日、先生は私たちの前ではっきり言うんだからね」

「あ、あ……」

「わかった⁉」

先ほどのSMプレイが多大な影響を与えたのか、控えめなはずの姉が大きな声で念を押す。

「は、はいっ、わかりました！」

直立不動の体勢から上ずった口調で答えれば、美紗が低い声で補足した。

「約束だからね。今度いい加減なことしたら、どうなるか、わかってるよね？」

「ど、どうなるの？　ひょっとして……お仕置き？」

無意識のうちに目尻を下げて問いかけると、二人は顔を見合わせてからキッと睨みつけた。

（ひっ、こ、こわっ）

反射的に後ずさるも、すぐに部屋の隅まで追い詰められる。

「ははっ」

照れ笑いで場をごまかそうとしたが、二人は眉ひとつ動かさなかった。

乙女には、乙女なりのプライドがあるのだろう。そもそも自分は異性との交際経験が一度もなく、微妙な女心がわかるはずもなかった。

アイドル並みの美少女姉妹に言い寄られ、完全に浮ついていたのは紛れもない事実なのだ。

（しかもバージンまで奪ったんだから、いい加減な対応だと思われても仕方がないのかも）

自身の不誠実さを反省した達郎は、やや俯き加減で答えた。

「うん、わかった。真剣に考えて、どちらが好きか答えを出すよ」

神妙な面持ちをすると、美紗はようやく相好を崩し、ズボンの中心部に視線を落とした。

「ふふっ、ちょっと小さくなってる」

「え？」

姉妹からの思わぬ追及を受けたため、確かにペニスは萎えかけている。

美紗が目線で合図を送るや、里菜は両手をスッと伸ばし、ズボンのホックを外しにかかった。

「あ、ちょっ……」

ふだんはおとなしい姉の想定外の行動に、気持ちがついていかない。うろたえているあいだにチャックが下ろされ、続いて美紗がズボンの上縁に手を添えた。

「あ、な、何を……」

「判断材料が必要でしょ？」

「は、判断材料？」

オウム返しすると、妹に代わって姉が微笑を浮かべて答える。

「どっちが好きか決めるには、エッチも重要じゃないかと思ったの」

「へ、里菜ちゃんから提案したの？」

「うん。美沙に負けたくなかったから、すごくやらしい水着で出し抜こうとしたんだけど……」

「あれ、ひどいよ。フライングもいいとこ」

「ごめん。私、美紗みたいに積極的になれないし、つい焦っちゃって……」

「もういいって。これからは、正々堂々と勝負することで話がついたんだから」

「あ、あ……」

ズボンが下着ごと剝き下ろされ、七分勃ちのペニスが弾け出る。

「やだ、何これ。ホントに小っちゃくなってる」

美紗が不服げに唇を尖らせると、里奈が肉筒を手のひらで弄び、牡の象徴は条件反射とばかりに鎌首をもたげていった。

「お、おっ」

姉はペニスがフル勃起したところで腰を落とし、先端にソフトなキスを見舞う。そして裏茎に唇を這わせ、上目遣いに怒張を咥えこんでいった。

口唇の端から大量の唾液が溢れ、肉胴をねっとり包みこんでいく。

じゅる、じゅる、じゅぽっ、じゅぽぽぽぉぉっ！

里菜はしょっぱなからのフルスロットルで顔を打ち振り、小気味のいい吐息をスタッカートさせた。

「ンっ、ンっ、ンっ！」

ロングヘアを振り乱し、ヘッドバンギングさながらの抽送にはただ驚嘆するばかりだ。

（あ、あ、里菜ちゃんが、こんな激しいフェラするなんて）

小学六年生とは思えぬ口唇奉仕は、間違いなく留美子から学んだのだろう。小鼻を膨らませ、鼻の下を伸ばして男根をむしゃぶり尽くす表情がたまらない。

巨大な快感が津波のごとく押し寄せ、交感神経が淫情一色に染まった。

「あ、私だって、負けてないんだから！」

妹は姉の先制攻撃にぽかんとしていたが、すぐさま床に跪き、肉棒の真横から唇を押し当てる。

艶々のリップがハーモニカを吹くように横すべりすると、達郎は背筋を伸ばし、臀部の筋肉を盛りあげた。

「おっ、おっ」

つい五分ほど前、留美子の悩ましい姿をさんざん見せつけられ、放出寸前まで追いこまれていたのである。

射精願望は瞬く間に頂点を突破し、達郎は歯列を噛みしめて踏ん張った。

「あンっ、里菜、交代っ！」

「うふっ」

美紗が怒張を奪い取り、小さな口を目いっぱい開いて亀頭冠を口中にズズズッと引きこむ。そして驚いたことに根元まで招き入れ、こちらも姉に勝るとも劣らぬ勢いで顔をスライドさせていった。

（あ、あ、ダブルフェラチオだぁ！）

男のロマンでもある淫らなプレイが眼下で繰り広げられ、いやが上にも総身が粟立つ。

「おっ、ぐっ」

「ふンっ！　ふンっ！」

ピストンのたびに左右の頬が交互に、飴玉を含んでいるかのように膨らんだ。

じゅぱっ、じゅぱっ、じゅぽっ、ずちゅ、ずちゅるるるっ！

淫猥な吸茎音が室内に反響し、射精に向けて牡の証が荒れ狂う。

「あ、あ、あ……」

我慢の限界を訴えようとした刹那、今度は里菜が股ぐらに顔を埋め、片キンにプリッとした唇を押しつけた。

「あ……お、おぉっ！」

口が徐々にO状に開き、圧力に負けた睾丸が口腔にスポッと吸いこまれる。

魂が抜き取られそうな感覚に下腹部が浮き上がり、達郎は爪先立ちから顎を突きだし、ざらついた声を轟かせた。

「ぐ、ぐ、ぐふぅぅっ！」

里菜は睾丸を甘噛みし、くちゅくちゅと揉みこんだあと、もう片方の陰嚢にも同様の手順を踏む。

（な、なんちゅうテクを！）

玉吸いの奉仕も、留美子が見せたテクニックをマネているのか。

少女らの脳みそはスポンジのように柔らかく、吸収力も高いのだろう。

おかげで射精欲は怯んだものの、下腹部を覆い尽くす峻烈な感覚が奥歯をガチガチ鳴らせた。

口から吐きだされた陰嚢は、半透明の唾液をたっぷりまとってベトベトだ。

「あぁン……今度は私」

姉の催促に、妹はすかさずペニスを口から抜き取り、亀頭の先端を横に振った。

里菜は目元を朱に染め、硬直の逸物をがっぽがっぽと咥えこむ。

「あ、おおっ……イ、イキそう」

「プールであんなにたくさん出したのに、もう我慢できないの？」

身をくねらせて放出間近を訴えると、美紗がキッとねめつけ、剛直の根元を指で力強く押さえつけた。

「私たちのおマ×コ、見たくないの？」

あどけない顔の少女が、女性器の俗称をためらうことなく言ってのける。いや、もはや少女ではなく、今の彼女らは大人の女性といっても過言ではないのだ。

「あぁ、見たい……見たいです」

溜め息混じりに本音を告げれば、美紗はすっくと立ちあがり、ワンピースの下に手を入れてコットン生地を下ろしていった。

「あ、あ……」

脱ぎたてほやほやのパンティが足首から抜き取られ、床にふわりと落とされる。

小悪魔な妹はワンピースのファスナーを下ろしたあと、ベッドに寝そべり、大股を開きながら裾をたくし上げた。

4

真っ白な内腿と鼠蹊部が晒され、喉をゴクンと鳴らす。

美紗はV字にした布地の裾で股間を隠しているため、いちばん大切な箇所は覗けない。焦らしのテクニックに男心がそそられ、視線が妹の下腹部に集中するも、ペニスには淫情の嵐が吹きすさんでいた。

なんと里菜が顔をS字に振り、ローリングフェラで肉筒を蹂躙してきたのである。勃起がねっとりした口腔粘膜に引き転がされ、柔らかい上下の唇が雁首をこれでもかとこすりあげる。しかも抽送のたびに、舌先で縫い目をチロチロと這い嬲る念の入れようだ。

「ぐ、ぐおぉっ」

苦悶の表情で呻き声をあげた直後、美紗がさらに大股を開いて誘いをかけた。

「先生、ワンピース脱がせて」

妹の言葉に姉はペニスを吐きだし、肩越しに振り返る。そしてライバル心を燃えあがらせたのか、立ちあがりざま背中に手を回し、こちらもファスナーを下ろした。

「はあはあっ」

射精寸前まで追い詰められ、荒い息が止まらない。ペニスや陰嚢はもちろん、股間の周囲は二人の清らかな唾液でぬめり返っている状態だ。

里菜は美紗のとなりに腰を下ろし、ワンピースの裾を大胆に捲り上げる。

「……あっ!?」

姉の股間にまとわりついていたのは純白の布地ではなく、ピンクの紐パンだった。布地面積の異様に少ない下着は、紛れもなく大人の女性が穿くセクシーランジェリーだ。

里菜が片足を扇状に開き、小さな三角布地を見せつける。

薄い股布はスリットにぴっちり食いこみ、マンスジをこれ以上ないというほど露にさせていた。

ふっくらした大陰唇は丸見えで、中心部には早くも大きなシミが浮き出ている。

「ちょっ……何？　そのパンティ！」

「何って、見ればわかるでしょ」

「また抜け駆けしてっ！」

「だって、せっかく買ったんだから、着ないのはもったいないもん」

美紗が非難の言葉を浴びせると、里菜は勝ち誇った表情で言い切った。

おそらくインターネットのサイトで、過激なビキニといっしょに購入したに違いない。姉は平然とした顔で足を閉じるや、腰をよじり、今度は瑞々しいヒップをさらけ出した。

(あ、あぁ……Tバックだ!)

バックの細い紐が臀裂にはまり込み、瑞々しい美尻が剝きだしになっている。

妹は姉の扇情的なランジェリーに唖然呆然としていたが、すぐさま頰を膨らませていった。

「里菜! 約束、破る気!?」

「あ、いや……ケンカしないで」

勃起を左右に揺らし、二人のあいだに割って入れば、美紗は負けじと裾をたくしあげ、乙女の秘園を遠慮なく晒した。

「お、おおっ!」

ぷっくりした新鮮果実に目を見開き、こめかみの血管を膨らませる。

ほころびかけた恥裂からは薄い陰唇が微かに飛びだし、あわいから覗くコーラルピンクの内粘膜は愛蜜でしっぽり濡れていた。

「はあはあっ」

シャツとズボンを脱ぎ捨ててベッドに這いのぼり、右指で美紗の女肉をなぞり、左手で里菜の双臀を撫でまわす。

「あ、ンふっ」

双子の姉妹らしく、二人は同時に悦の声をあげ、しなやかな腰をくなくな揺らした。妹の股間から卑猥な肉擦れ音が響き、とろみの強い粘液が指先に絡みつく。

「あぁン……先生」

掠れがかったよがり声が聴覚を刺激し、怒張が下腹にべったり張りついた。ムンムンとした熱気に続いて、三角州に渦巻いていた恥臭がほんのり立ちのぼった。

花園に群がるミツバチさながら鼻を寄せたところで、里菜がまたもや足を開いて過激なランジェリーを見せつける。

「先生……私も」

逆三角形の布地の裾から指を忍ばせて掻きくじれば、つぶらな瞳は一瞬にして焦点を失った。

「あ、あ……き、気持ちいい」

女陰からくちゅくちゅと響く猥音が共鳴し、青年の性感を高みに押しあげていく。

鈴口からは大量の前触れ液が小水のごとく垂れ滴り、今にもはち切れんばかりの青筋が熱い脈を打ちつづけた。

(ああ、すごい、すごすぎる!)

扇情的なシチュエーションに身も心も蕩かされ、甘美な疼きが脳幹を灼き尽くす。

姉妹も強大な快感を得ているのか、顔は首筋まで桜色に染まり、額と頬が照明の光を反射して色っぽい表情を醸しだした。

もはや、これ以上は待てそうにない。

肉の蛮刀をいななかせた刹那、美紗が濡れた唇をそっと開く。

「……挿れて」

「先生……私も」

「え、え?」

二度目の情交を結ぶチャンスではあったが、どちらから挿入したらいいのか。

下手な対応を見せたら、またもや面倒なことになりかねない。

逡巡していると、里菜が先制攻撃を吹っかけた。

「美紗、まだひりひりするんでしょ?」

「しないもんっ」

「言ってたじゃない。あそこに木の棒が挟まってるみたいだって」

「それは昨日まで。もう何ともないの！」

二人の処女を奪ってから、姉は九日、妹は六日目を迎えている。

美紗のほうは、まだ破瓜の痛みが残っていても不思議ではないのだ。

(ど、どうすりゃいいんだよ。順番でいえば、お姉さんから？　いや、先に妹に譲るケースだってあるよな)

里菜は向きなおりざま、艶っぽい眼差しで誘いをかけた。

「先生、私は全然痛くないから」

「私だって、痛くないもんっ！」

姉妹のアプローチにたじたじになりながらも、あるアイデアが閃く。

(そ、そうだ！)

にんまりした達郎は身を起こし、鷹揚とした態度で指示を出した。

「里菜ちゃん、ちょっと仰向けに寝てくれるかな？」

「え、こう？」

「そうそう。で、美紗ちゃんは里菜ちゃんの腰を跨がって」

「やだ、何するの？」

「いいから、早く」

勝ち気な妹は憮然としたものの、言われるがまま姉の腰を大きく跨ぐ。

達郎は美紗のワンピースの裾をたくしあげ、まっさらな女陰を剥きだしにさせたあと、今度は里菜のセクシーショーツの紐をほどきにかかった。

「あ、ヤンっ。先生、恥ずかしいよ」

小さな三角布地がはらりと落ち、ふたつの女肉が眼下に晒される。壮観な眺めにほくそ笑んだ達郎は、右手の中指を里菜の膣口にゆっくり差し入れた。

「ひ、うっ」

「ちょっと、何やってんの！」

美紗が肩越しに振り向いたところで、身を屈めて彼女の花びらに唇を押しつける。

「きゃンっ！」

子犬のような泣き声が響いた瞬間、指は姉の膣の中を突き進み、同時に口を窄めて妹の女陰をチューチューと吸いたてた。

「や、や、やぁぁ」

「は、はあぁあぁぁっ！」

細い腰がビクンと震え、二人の口から対照的なよがり声が放たれる。

達郎はクリトリスを中心に舌先を跳ね躍らせ、右腕をスライドさせては左手の親指で小さな肉粒をこねくりまわした。

「い、ひぃぃぃンっ」

快感の高波が打ち寄せたのか、恥骨が前後左右に振られ、甘酸っぱい発情臭が鼻腔を燻す。

（このまま、二人をイカせることができたら……）

目に滴る汗も何のその。達郎は必死の形相で少女らに肉悦を吹きこんでいった。

一分、三分、五分。女肉の狭間から溢れた愛液が顎を伝って滴り落ち、姉の股間からはぐちゅぐちゅと卑猥な水音が響きたつ。

「きゃふっ」

「ン、はっ、はっ、ふっ！」

「き、気持ちいいよぉ」

高らかな嬌声は、もはやどちらが発しているのかわからない。

口と腕が怠《だる》くなりはじめた頃、姉妹は腰を引き攣らせ、頭のてっぺんから突き抜けんばかりの声を張りあげた。

「あ、あ、やっ、やあぁあぁぁっ!!」

里菜のヒップがベッドから浮き上がり、美紗がエンストした車のごとく腰をわななかせる。

「はあふうっ」

女芯から口を離して様子をうかがえば、妹は姉の身体に崩れ落ち、うっとりした表情で目を閉じた。

（や、やった……イカせることができたんだ。でも……まさか同時にイッちゃうなんて、これも双子だからか？）

姉もまったく同じ顔つきをしており、身体をピクピク痙攣させている。

舌なめずりした達郎は滾る男根を握りしめ、腰をズイッと進めた。

（やっぱり、指で路をつけた里菜ちゃんのほうから挿れたほうがいいよな）

可憐な花びらは今や完全に開花し、淫蜜をまとった内粘膜が男根の侵入を待ちわびるかのようにひくついているのだ。

ぽっかり開いたとば口に、肉刀の切っ先をあてがう。

括約筋を引き締めて腰を繰りだせば、ほっそりした陰唇がダイヤモンド形に開き、亀頭の先端をしっぽり咥えこんだ。

「お、ふっ……」

心地いい性電流が股間から全身に伝播し、喜悦の声が自然と洩れる。慌てて口を閉じて腰をしゃくると、雁首はさほどの抵抗もなく膣口をくぐり抜けた。

（お、おっ、おっ、中がぬるぬるだ）

熱い粘膜が肉胴にべったり絡みつき、収縮してはペニスをやんわり締めつける。

「ン、ンぅっ」

下腹部の違和感に気づいたのだろう、里菜が鼻にかかった声をあげ、カールした睫毛を小さく震わせた。

美紗に気づかれ、中断させられたらたまらない。

達郎は肉根を膣の奥まで埋めこみ、意識的にゆったりしたスライドから媚肉を穿《うが》っていった。

抽送のたびに、愛液がにちゅにちゅと淫らな音を奏でる。ねとついた膣壁がうねりだし、男根を亀頭から根元までまんべんなく揉みこむ。

（おほっ、気持ちいい！）

すぐさま放出願望に衝き動かされたものの、ここで男子の本懐を遂げるわけにはいかない。

せっかく、自分がイニシアチブをとれる状況に持ちこんだのだ。何としてでも射精った。

をコントロールし、二人の美少女に対等な快楽を与えなければ……。

（でも、これって、ものすごい重労働かも）

顔をしかめるも、達郎は気合を入れなおし、軽やかなピストンで腰を打ちつけていった。

留美子の痴態が牝の本能を覚醒させたのか、それとも指の抽送が功を奏したのか、たっぷりの淫蜜をまとった媚肉がペニスの表面になめらかな感触を走らせる。

「あ、あ、あンっ」

里菜も気持ちがいいのだろう。眉をくしゃりとたわめ、唇の狭間から湿った吐息を絶え間なく放った。

淫靡な音がにちゅくちゅと洩れ聞こえ、怒張がオイルをまぶしたかのように照り輝いていく。

姉の身体が小刻みに上下し、振動を受けた妹のヒップもプディングのごとく揺れる。

「ン、んぅ」

細い肩がピクリと震えると、達郎はピストンをストップさせ、膣からペニスを引き抜いた。

愛液でベタベタの亀頭冠を、今度は美沙の秘割れに押し当てる。

「……あ」

「さあ、美紗ちゃん。お望みどおり、おマ×コに挿れてあげるよ」

幸いにも彼女は、里菜との交接には気がつかなかったらしい。達郎はここぞとばかりに小振りなヒップを抱えあげ、腰をグッと送りだした。

「ひ、ンっ！」

「む、むむっ」

やはり膣内にひりつきが残っているのか、とたんに入口が狭まり、先端が肉の圧迫感に覆われる。それでも強引にねじこみ、えらの張った雁首で駄々をこねる膣肉を掻き分けていった。

「あ、やぁぁあぁっ！」

ふだんは気丈な女の子も、このときばかりは絹を裂くような悲鳴をあげる。

里菜も想定外だったのか、びっくりした顔で妹の表情を仰ぎ見た。

精神的優位に立ち、男としての征服願望が目を覚ます。

「ほうら、おチ×チンが全部入っちゃうよ」

「あ、あ、あ、だめ、だめ」

「あれ、何がだめなの？　挿れてほしいって言ったのは、美紗ちゃんだよ」

意識的に意地悪な言葉を投げかけると、美紗は肩越しに涙目でねめつける。

(痛いのなら、無理しないで素直になればいいのに。まあ、そこが美紗ちゃんの魅力でもあるんだけど)

恥骨がヒップに密着するや、達郎はあえて怒涛のピストンで膣肉を抉っていった。

「あ、ひぃぃぃっ！」

スパーンスパーンと、乾いた音が室内に反響し、瑞々しい肢体が前後に激しくぶれる。尻肉の表面がさざ波状に揺れ、媚肉が胴体をキュンキュン引き絞る。

間を置かずに、結合部から空気混じりのふしだらな破裂音が鳴り響いた。

「あン、あン、あンっ！」

美紗は咽《むせ》び泣きに近い声をあげ、拳を握りしめる。

(あ、あ、き、気持ちいい。もう我慢できないかも)

腰に熱感が走り抜けた瞬間、涙で膨らんだ里菜の瞳が視界に入った。

私にはこんなに激しくしてくれなかった、と言わんばかりの眼差しだ。

背中に悪寒を走らせた達郎は、妹の膣から引き抜いたペニスをすぐさま姉の秘裂にあてがった。

「さ、今度は里菜ちゃんの番だからね」

優しげな口調で声をかければ、里菜はホッとした表情を浮かべ、挿入と同時に熱い吐息をこぼす。

(こっちのほうは、おマ×コの中がとろとろだ)

さほどの力を込めなくても、亀頭冠は膣内に手繰り寄せられ、牡の証をやんわり包みこむ。こちらも最初からパワー全開の律動で、子宮口をガンガン小突いていった。

「ひぃぃぃぃっ!」

体温が急上昇し、目の前がぼんやり霞む。汗がボタボタ滴り、唇の端がわなわな震える。

達郎はイキそうになると、ペニスを引き抜き、美沙の膣内に埋めこんでは究極の姉妹どんぶりに全神経を傾けた。

二人の女陰は縦に並んでいるのだから、誠に都合がよかったが、無理な体勢がたたったのか、筋肉がガチガチに強ばりだす。

(あっ、キツい……足も痺れてきた。こうなったら、もうイッて終わらせるしかないかも)

男のロマンは、夢想するのと実践するのでは大違いだ。

膣内挿入を五往復させたところで、美紗に変化が現れた。

「あ、ンっ、先生、挿れて、早く挿れて」

破瓜の痛みが消え失せ、ついに官能の火がともったか、まん丸のヒップを揺すっておねだりする。

「はあはあ、ちょっ、ちょっと待ってね。すぐに挿れてあげるから」

汗まみれの顔で答えると、今度は里菜の甘ったるい声が耳朶を打った。

「あっ、はっ、はっ、いい、気持ちいい」

よほどの肉悦を感じているのか、彼女は頬を真っ赤に染め、ピストンに合わせて腰をくるくると回転させる。

達郎は無意識のうちに腰を跳ね上げ、猛烈なスライドで充血の猛りを打ちこんだ。

「あっ、やっ、あっ、おかしくなる。おかしくなっちゃう」

ひょっとして、絶頂間近なのかもしれない。

腰をシェイクさせ、さらにスライドを加速させれば、里菜は眉間に縦皺を刻んで口を開け放った。

「あっ、はぁあぁっ」

姉は恥骨を上下に振りたて、ヒップを大きくわななかせる。そしてベッドに深く沈み、しなやかな肢体を小刻みにバウンドさせた。

エクスタシーに達したと判断し、膣から愛液まみれの怒張を抜き取る。

「あぁン、先生、早くっ！」

「はあはあっ」

肩で息をしながら亀頭冠を恥割れにあてがえば、厚みを増した肉びらがぱっくり開き、淫蜜がじゅぷりと淫らな音を立てた。

「お、おうっ」

美紗はヒップを突きだし、自ら男根を膣内に招き入れる。

「ひっ、ぐっ」

多大な快感が子宮口を貫いたのか、少女は奇妙な呻き声を放ち、背中を蛇のようにくねらせた。

達郎自身も性感は頂点に追いこまれ、いつ発射してもおかしくない状況なのだ。

「ぬ、おおおおぉっ！」

尻肉を両手で押し広げ、結合部を剝きだしにしてから雄々しい波動を叩きこむ。

関節がギシギシ軋むも、蒸気機関車の駆動のごとく、情け容赦ないスライドを延々と繰り返す。

肉襞の摩擦と温もり、コリコリした恥骨の感触に陶酔しつつ、達郎は肉の砲弾をドンドンと撃ちこんでいった。

「やっ、やっ、あはぁ、いい、いい、気持ちいいよぉ！」

「もっと気持ちよくさせてあげるよ！」

「ひゃうっ、ンンぅっ、やっ、やはぁぁぁあっ！」

ストレートなピストンから、渾身のグラインドで膣内粘膜を掻き回す。

さらに抽送の回転率を上げて鋭い突きを何度も見舞えば、勝ち気な妹は喉を絞ってよがり泣いた。

「きゃふっ、ンおっ、お、おおぉっ！　いい、すごいっ！　おかしくなっちゃう、私もおかしくなっちゃううぅっ!!」

とろとろの媚粘膜が絶え間なく収縮し、男根を強烈に引き絞る。

脳裏に白い膜が張り、睾丸の中の精液がうねりくねると同時に弾けるような快感が背筋を突き抜けた。

「それが、イクってことなんだよ！」

裏返った声で叫び、掘削の一撃を膣深くにズシンと叩きこむ。

「あ、ひぃいいっ！　イクっ……イクっ」

美紗が最後に放った言葉は消え入りそうなほど小さかったが、五感を研ぎ澄ましていた達郎は聞き逃さなかった。

（あ、もうだめだぁ）

慌てて膣からペニスを引き抜けば、尿道がおちょぼ口に開き、白濁の塊がびゅるんとほとばしる。

本日二度目の射精にもかかわらず、濃厚なザーメンは高々と舞い飛び、宙で不定形の模様を描いて真っ白なヒップに降り注いだ。

「お、お、おおぉぉぉっ！」

性の頂にのぼりつめた美紗も首を上下に振り、失神状態の里菜の上にしなだれる。

牡のエキスは立てつづけに放たれ、腰部の奥が甘美な鈍痛感に包まれた。

「はあふう、はあっ」

荒い息が止まらず、心臓が痛いくらいに暴れる。

うっとりした美少女姉妹の顔に満足げな笑みをこぼしたあと、意識を遠くに飛ばした達郎は彼女らの真横に崩れ落ちていった。

# 第六章　小さな女王様の背徳ハーレム

## 1

（あぁ……気が重いな）

ゴールデンウィーク明けの五月七日。この日は、美紗か里菜、どちらが好きかを伝えなければならない日だった。

ゲストハウスでの３Ｐは想像以上の快楽を与えてくれ、願わくば、この関係を永遠に続けたいと思った。

少女らは意識を取り戻したあと、胸に縋りつき、口元や首筋に何度もキスの雨を浴びせてきたのである。

「先生、好き」という言葉に幸福感と達成感を覚え、あまりの愛くるしさに胸のときめきを抑えられなかった。

(どちらが好きかなんて、決められるわけないのに)

達郎からすれば、美紗と里菜は二人で一人という感覚なのだが、姉妹にとっては違うのだろう。

(やっぱり……誠心誠意、両方とも好きだって言うしかないよな。たとえ非難されようとむくれようと……)

意を決して鮫島家の門扉を開け、玄関口へ伏し目がちに向かう。

インターホンを押すと、すぐさま宅内に促す留美子の声が聞こえ、達郎はかしこまった顔で玄関扉を開けた。

「……あ」

三和土《たたき》には婦人靴が所狭しと並んでおり、廊下の奥から賑やかな声が洩れてくる。

(そ、そうか。フラワーアレンジメントの会があるんだ。それで、美紗ちゃんたちは今日を選んだのか)

留美子がリビングから姿を現した瞬間、心臓がドキンと拍動した。

清廉な印象を与える薄化粧、襟元に花柄の刺繍を施した純白のブラウス。妖艶な女王様を演じていた女性と同一人物だとは、とても思えないほどエレガンスだ。

「あ、こ、こんにちは」

どもりながら挨拶すると、セレブ夫人は涼やかな笑みを浮かべた。

「こんにちは。見てのとおり、今日は忙しいので、そのままあがってちょうだい。娘たちのこと、よろしくお願いしますね」

「は、はい」

留美子は踵《きびす》を返してリビングに戻り、達郎は深呼吸をして気持ちを和らげた。

夫の部下との痴態が、目に焼きついて離れない。あの刺激的なプレイの数々を、姉妹は何度も目撃しているのだ。

階段を昇る最中、彼女らがどんな対応を見せるのか、想像しただけでまたもや胸が騒ぎだす。

(俺も二十歳になったんだし、いい加減しっかりしなきゃ。いつまでも優柔不断の性格じゃ、どうしようもないぞ)

達郎は自分自身に言い聞かせ、真剣な表情で姉妹の部屋に向かった。それでもゲストハウスの乱交シーンが脳裏を掠め、熱い血潮が股間の一点に注がれていく。

牡の証は、早くも半勃起の状態まで体積を増していた。

## 2

緊張感がピークに達し、手が小刻みに震えてしまう。

ややためらいがちに扉をノックすると、中から落ち着いた声が返ってきた。

「……どうぞ」

「あ、開けるね」

ドアノブを回し、神妙な面持ちで室内に視線を送る。

椅子に座っているロングヘアの少女は、紛れもなく里菜だ。あたりを見回しても美紗の姿はなく、達郎はきょとんとした顔で足を踏み入れた。

「あ、あれ……美紗ちゃんは？」

トイレにでも行っているのか。キョロキョロしながら問いかけると、姉は回転椅子を回し、おっとりした口調で答えた。

「今日は日直当番の子が休んで、美紗が代わりをしてるの。学級日誌を書くのに時間がかかるから、ちょっと遅れるって」

「そ、そう」

留美子からの事情説明はなかったが、それほど忙しいのだろう。

(ま、いたのが里菜ちゃんのほうでよかったかも。美紗ちゃんだったら、どちらが好きか、すぐに詰め寄ってきそうだもんな)

ひとまずホッとした達郎は、にこやかな顔で姉の元に歩み寄った。

今日の彼女は、いちばんのお気に入りだと言っていた薄いピンクのワンピースを身に着けている。

お澄まし顔の清楚な雰囲気に、股間の逸物がいやが上にも昂った。

(かわいいなぁ)

自分はこの美少女の処女を奪い、絶頂にまで導いたのである。

妹へのライバル心から積極的な痴戯を繰りだし、ふだんとのギャップが牡の本能をよりざわつかせてくれたのだ。

肌の大部分を露にした極小ビキニ、大切な箇所を覆うだけのセクシーランジェリーも、彼女にとっては大きな冒険だったに違いない。

「じゃ、先に勉強を始めてようか」

よこしまな思いを振り払い、デイパックを床に置いたところで里菜が目を伏せる。

「先生……ごめんね」

「……は？」

「困らせることばっかり、しちゃって」

姉からの想定外の謝罪にぽかんとしたあと、達郎は慌てて否定した。

「そ、そんな……困ったなんて、一度も思ったことないよ」

「どちらが好きか、決めろなんて、やっぱり……無茶だよね？」

「あ、う、ううん」

「あれから、冷静になって考えたんだ。でね、美紗に言ったの。こんなバカなことで、先生を困らせるのはやめようって」

双子とはいえ、さすがはお姉さん。彼女はこちらの心情を推し量り、妹を説得してくれたらしい。

「み、美紗ちゃんは……どう言ってたの？」

「うん……最初は不服そうだったけど、最後は納得してくれたみたい」

「え？　ホ、ホントに!?　そ、それじゃ……」

「もう変なことは聞かないから、安心して。家庭教師、辞めるって言いだしたら、私たちが困るし、ママにも怒られるから」

「……里菜ちゃん」

少女の優しい気遣いに、胸の奥が熱い感動に包まれる。

達郎はあまりのうれしさから、身を屈めて華奢な肢体を抱きしめた。

「ありがとう……本音を言えば、ちょっと困ってたんだ。だから正直に、どちらも好きだと言おうと思って。やっぱり、美紗ちゃんよりも里菜ちゃんのほうが大人なのかな？」

「美紗……子供っぽい？」

「え、いや……そこが、また魅力的でもあるんだけど」

これまで姉妹との「内緒」の約束は、呆気なく反故《ほご》にされてきたのである。

迂闊なことは言えないし、ここは控えたほうが無難だろう。

それでも身を離してじっと見つめれば、里菜はつぶらな瞳を向け、震いつきたくなるほどの可憐な唇に情欲の嵐が吹き荒れた。

（あぁ、たまらん。もしかすると、キスぐらいなら内緒にしてくれるかも。いや、あとで美紗ちゃんにもこっそりキスしておけば、面倒なことにはならないよな）

不埒な奸計《かんけい》が頭の中を駆け巡り、凶悪な欲望がムクムクと頭をもたげる。次の瞬間、達郎はワンピース越しの胸に浮かんだポッチに気がついた。

（え……ブラしてない？）

単に着け忘れただけなのか、それとも誘われることを想定して、あえて身に着けなかったのか。いずれにしても、ちっぽけな覚悟にヒビが入り、隙間から獣じみた淫情が堰《せき》を切って溢れ出す。

「里菜ちゃん、好きだよ」

肩に手を添えて唇を寄せると、里菜は視線を下げ、ズボンの中心に好奇の眼差しを注いだ。

「先生……勃ってる」

「おふっ」

ほそやかな腕が伸び、小さな手が股間の頂をそっと包みこむ。

「すごい、どんどん大きくなってくる」

「だ、だめだよ。そんなにいじりまわしたら、ほしくなっちゃうから」

胸が高鳴り、覚醒した性欲をまったく抑えられない。

「あ、ああ、り、里菜ちゃん、キ、キスさせて。キスだけでいいから」

息せき切って顔を近づけた刹那、彼女は口元に意味深な笑みを浮かべて呟いた。

「でも……美紗は、子供っぽいからいやなんでしょ?」

「……は?」

言葉の意味を理解できず、思わず眉をひそめる。得体の知れない不安が押し寄せるも、達郎は小声で反論した。

「い、いやだなんて、ひと言も言ってないよ」

「そう？　大人っぽい里菜のほうが好きだって聞こえたけど」

「な、何を言ってるの？」

唇の端を歪めたところで、背後からカタンと小さな物音が響く。振り返った達郎は次の瞬間、心の中であっという悲鳴をあげた。

なんともう一人の里菜がロングヘアを翻し、ウォークインクローゼットの中から現れたのである。

3

「あ、あ……」

今、目の当たりにしている現実が信じられない。

身を起こして愕然とするなか、椅子に腰かけていた里菜がびっくりした表情で口を開いた。

「先生、まだ気づかないの？」

「な、何が？」

「私が美紗なの」

目の前の少女が頭に手を添え、長い黒髪を取り外す。セミショートの髪型は、紛れもなく美紗だった。

「う、嘘でしょ」

妹はエクステンションを被り、姉のワンピースを身に着けていたのだ。

なぜ、わざわざそんなことをしたのか。

訳がわからず、達郎は二人の顔を交互に見てはおたおたするばかりだった。

美紗は冷笑を浮かべていたが、里菜は涙目で睨みつけている。妹に抱きついたのが癪に触ったのか、好きだと言ったのが許せないのか。

頭が混乱して、正常な思考が働かない。

愕然とした顔で立ち竦んでいると、美紗は椅子から立ちあがり、苦笑を洩らして里菜に近づいた。

「だから、言ったでしょ。先生は、最初からどっちでもよかったんだって」

「あ、あの……ど、どういうこと？」

「里菜、先生のことが本気で好きになっちゃったみたい」

「……え？」

「でも先生は、里菜の気持ちに応えてくれないよって言ったんだ。そしたら、そんなこと絶対にないって言うから、試してみようってことになったの」

「そ、それで、美紗ちゃんが里菜ちゃんに……成りすましてたんだ」

「私の言ったとおりになったでしょ？」

「ちょ、ちょっと待って。そんな変装してたら、誰だってわかるわけないよ」

口角泡を飛ばして訴えると、美紗は鼻で笑った。

「このエクステンションをつけて、パパとママをびっくりさせようとしたんだけど、すぐにバレたよ」

「そりゃ、親と赤の他人じゃ……」

「先生、私たちのことが好きだって言ったよね。あの言葉は嘘なの？」

「そ、そんなことない。かわいいし、ホントに好きだよ！」

「そこまで思ってる人が姉妹の区別もつかないなんて、おかしくない？　エッチまでしたのに」

美紗はそう言いながら自身の首筋を指差し、達郎は目をこれ以上ないというほど見開いた。

「あ、ああっ！」

うっすら残った痣《あざ》は、紛れもなく自分がつけたキスマークだ。

「絆創膏を外してたのに、先生、全然気づかないんだもの」

二人に対しては確かに理性をかなぐり捨て、性衝動の赴くまま突っ走ってしまったのは事実である。愛欲に溺れていたのは明らかで、首の痣が目に入らないほど浮ついていたのだろう。

達郎はもはや何も言えず、やるせない表情で俯いた。

「先生の頭の中って、エッチのことしか詰まってないんだね。私は、最初からわかってたけど」

「あ、あ……」

「これで、里菜も先生の本性がわかったでしょ？」

「……うん」

もしかすると、美紗はこちらの心の内をはなから見透かし、里菜の目を覚まさせるために好意のあるフリをしていたのではないか。

実際には、子供だと思われた妹のほうが姉より大人だったのかもしれない。

ひたすら身を縮めていると、小悪魔な少女は指先で股間の膨らみをツンツンとつついた。

「服、脱いで」

「……へ？」

「たっぷりお仕置きしてあげる。先生はこれからずっと、私たちのおもちゃになるんだから」

不本意ではあったが、牡の証がズキンと疼き、大量の血液が中心部に凝集していく。

美紗が扉の内鍵をかけにいくなか、里菜が歩み寄り、キッと睨みつけながら自身の心情を告げた。

「美紗と約束したの。先生がすぐに気づけば、私と先生のこと応援してあげるって。もし気づかなかったら……」

みなまで言わなくても、よくわかる。今の彼女の眼差しには、侮蔑の色がはっきり見て取れた。

(でも、でも……仕方ないじゃないか)

性欲溢れる未熟な男なら、二人の美少女に言い寄られた時点で性欲だけに衝き動かされてしまっても不思議ではないのだ。

さすがの美紗も男の生理までは理解できないらしく、険しい表情で追い打ちをかける。

「まだ脱いでないの？　早く！　全部、脱ぐんだから」

もはや、申し開きする気力も湧かない。達郎は言われるがままシャツを脱ぎ捨て、ズボンとトランクスを引き下ろしていった。

八分勃ちのペニスがビンと跳ね上がり、ひとつ目小僧を思わせる頭頂部が天井を睨みつける。

「やだ……もう大きくなってる」

「まったく……反省してるとは思えないよね」

里菜は美紗の言葉に反応することなく、宝冠部を指でつまんでグリグリとこねまわした。

「あ、おっ、そ、そんなことしたら」

牡の肉はあっという間にフル勃起し、鈴口から透明な粘液が滴り落ちる。姉は早くも目元を赤らめ、小高い胸の膨らみを熱く息づかせた。

「すごい……こんなになって」

「……あ」

足踏みをしてズボンを脱ぎ捨てるや、里菜はすぐさま腰を落とし、舌先で裏茎をツッとなぞりあげる。そして亀頭冠をがっぽり咥えこみ、じゅっぱじゅっぱっとけたたましい音を立てて舐めしゃぶった。

「ンっ、ンっ、ふっ、ふぅンっ！」

「お、お、おぉ」

眉を切なげに下げ、頬をぺこんと窄めた容貌が何ともいやらしい。しかも彼女は首を螺旋状に振り、肉筒に多大な刺激を吹きこんだ。

（あっ、あっ……すごいフェラ）

腰が持っていかれそうな口戯に足が震え、白濁のマグマが腰部の奥でくねりだす。

姉の突然の所為に妹は呆気に取られていたものの、触発されたのか、さも物欲しげに喉をコクンと鳴らした。

「り、里菜ちゃん……そんなに激しくしたら、すぐにイッちゃうよ」

「は、ふぅン……だめ」

震える声で訴えると、里菜は剛直をちゅぽんと抜き取り、小さな吐息を洩らして立ち上がる。

性感が覚醒しているのか、彼女はフレアスカートの中に手を入れ、純白のパンティをするすると下ろした。

「先生、ベッドに寝て」

「……え？」

「早く」

手首を引っ張られ、女の子とは思えぬ力で押し倒される。ベッドに倒れこんだと同時に里菜は女豹のごとく這いのぼり、腰を跨がりざま怒張を垂直に起こした。

「ちょっと、里菜っ！」

呆然としたところで甲高い声が聞こえ、美紗が唇を尖らせて歩み寄る。

「それじゃ、お仕置きにならないじゃない」

「だって、我慢できないんだもん」

里菜は甘ったるい口調で答えるや、スカートの裾をたくしあげ、亀頭の先端を早くもほころびかけた恥割れにあてがった。

（あ……もう濡れてる）

花蜜でぬめり返った二枚の唇が、宝冠部をぱっくり咥えこむ。心地いい性電流が股間から脳天を突き抜け、柔肉の嵩《かさ》張《ば》りが男根を膣内に招き入れる。

もしかすると、性に対しての欲望は姉のほうが勝っているのかもしれない。

里菜が眉根を寄せた直後、雁首が膣口をくぐり抜け、勢い余ってズブズブと埋めこまれた。

「あ、あ、先生のおっきくて……硬い」

「く、くっ……おぉ」

とろとろの柔らかい媚肉が上下左右から肉胴を包みこみ、達郎はあまりの快感から口をへの字に曲げた。

肌を合わせるたびに、少女の恥肉はペニスに同化するような一体感を与える。

「あ、はぁ……いい、気持ちいいっ」

里菜は悦の声を洩らして恥骨を揺すり、温かい媚肉で男根を引き転がした。さらには後ろ手をつき、M字開脚して結合部を見せつける。

(お、おおっ!!)

硬直の逸物が膣口にぐっぽり差しこまれ、腰がグラインドするたびに秘裂から溢れた淫液が肉胴を妖しく濡らしていった。

「あ、おおっ」

えも言われぬ快美に足を掬われ、苦悶の表情で身をくねらせる。背筋に火柱が走った瞬間、ベッドが大きく軋み、目の前を薄桃色の生地が翻った。

美紗が負けじと、大股を開いて顔を跨いできたのである。

## 4

ワンピースの裾が捲られ、水蜜桃を思わせるヒップが眼前に晒される。

こちらも花びらはすっかり開花し、キラキラした甘蜜が女肉のあわいから今にも滴り落ちそうだった。

「先生、おマ×コ舐めて」

「う、ぷぷっ」

こんもりしたベビーピンクの膨らみが口元に押しつけられ、ふしだらな媚臭が鼻の奥にねっとり粘りつく。

濃厚な乙女のフレグランスに交感神経を麻痺させた達郎は、口から舌を突きだし、恥液でぬめり返ったスリットを無我夢中で舐めまわした。

「あ、あンっ、いい、いい……もっと、もっと舌をくねらせて」

「ふぁ、ふぁいっ」

股ぐらの下から答え、舌先を跳ね躍らせて小さな肉粒をあやしては弄う。同時に恥骨を突きあげれば、美少女姉妹の口から高らかな嬌声が放たれた。

「ン、はぁあぁぁっ！」

「あ、はぁぁン、先生っ、だめ、動いちゃっ！」

里菜が黄色い声で叫ぶも、腰の動きは止まらない。マシンガンピストンで膣肉をほじくり返し、舌をうねらせてはクリットを掻きくじる。

やがて下腹部からずちゅん、ぐちゅんと濁音混じりの破裂音が響き渡り、姉もスライドに合わせてヒップをしゃくっていった。

大量の花蜜が湧出しているのか、ペニスはもちろん、とろみの強い温かい恥液が陰嚢から会陰まで濡らす。

顔面と股間を覆い尽くす圧迫感に息を詰まらせる一方、今の達郎は法悦のど真ん中に位置していた。

屈辱を覚えるどころか、全身の細胞は歓喜に打ち震えているのだ。

もっと苛んでほしいという心情が内から溢れ、骨まで溶けるような幸福感にどっぷり浸る。

（やっぱり、俺って……女の子にいじめられる運命にあるのかも）

M気質を自覚したところで、里菜がヒップをグリンと回転させ、こなれた柔肉に怒張がこれでもかと引き転がされた。

「む、むふうぅぅっ！」

「まだイッちゃだめだよ！　私がいるんだからっ！」

美紗に叱咤されても性感は天井知らずに上昇し、青筋が熱い脈動を打ちだす。

（あ、あ……出ちゃう、出ちゃう）

白濁の塊が深奥部から迫りあがった直後、達郎よりひと足先に里菜が絶頂の訪れを告げた。

「あ、イクっ、イクっ、イックぅぅぅンっ！」

「む、むうっ！」

恥骨が前後に振られ、収縮する媚肉が男根を先端から根元まで揉みほぐす。

（あ、も、もう！）

肛門括約筋がひくついた瞬間、ペニスが膣から抜け落ち、達郎は寸でのところで射精を堪えた。

里菜は真横に崩れ落ち、うっとりした表情で目を閉じる。

どうやら妹が姉の肩を押し、結合を強引にほどいたらしい。

「今度は私の番なんだから！」

小振りなヒップが浮くと、新鮮な空気が肺に取りこまれ、口元を愛液まみれにした青年は虚ろな顔で眼前の光景を仰ぎ見た。

美紗は下腹部に移動し、背面騎乗位の体勢から亀頭を股の付け根に押し当てる。

「ン、ン、ンンぅぅっ」

ヒップが沈みこみ、いたいけな膣口が限界まで広がった。

周囲の皮膚がみるみる充血し、二枚の唇が雁首をぱっくり挟みこんだ。

「お、お、おっ……」

「きゃふンっ！」

えらに微かな痛みが走った直後、怒張は入り口を通り抜け、膣の奥に向かって突き進んだ。

ぐちゅりという音に続いて、粘着性の強い花蜜が結合部から溢れ出す。

処女喪失から十日以上経ち、こちらも膣内のひりつきや抵抗はまったく感じられない。亀頭の先端はあっという間に子宮口に届き、淫蜜をたっぷりまとった膣肉がキツくも緩くもなく男根を包みこんだ。

「お、ぐうっ」

「はあぁあぁ、先生のおチ×チン、熱い！」

美紗は甘い声を裏返し、腰を軽く回転させてから上下のピストンを繰りだす。

ぱちゅん、ぱちゅん、ぐちゅ、ずちゅん、じゅぷぷぷぅ！

軽やかな抽送の合間に卑猥な肉擦れ音が鳴り響き、とろとろの柔肉が怒張をキュンキュン締めつけるや、達郎は身を仰け反らせて咆哮した。

「ぐ、ぐおぉっ！」

小振りなヒップがふるふると揺れ、スライドのピッチが目に見えて激しさを増していく。

「はぁあン、いい、気持ちいいよぉ」

身体がよほど熱いのか、美紗は頭からワンピースを抜き取り、トランポリンをしているかのように腰を弾ませては男根を媚肉で引き絞った。

「は、ぬっ、くっ、おぉっ」

顔面を真っ赤にして悶絶するなか、正気を取り戻した里菜が気怠げに身を起こす。

そして結合部に虚ろな眼差しを向けたあと、甘ったるい声でおねだりした。

「先生……もっと」

「そ、そう言われても……くうっ」

「美紗、早く変わって」

「あぁンっ、待って！　もうすぐイキそうなの!!」

「だって、先生、我慢できそうにないもん」

里菜の指摘どおり、限界のラインはとっくに超えていた。

彼女の猛烈なフェラチオからの姉妹どんぶりと、多大なる刺激をいやというほど与えられたのである。

もちろん、このまま膣内に放出するわけにはいかなかった。

美紗が達するまで自制するか、頃合いを見計らい、膣外射精するしかないのだが、脳の芯が痺れて思考と感情をコントロールできない。

腰をまったく使えぬまま性感覚を剝きだしにされ、睾丸の中の樹液が出口を求めて暴れまわった。

「まだイッたらだめ！　勝手にイッたら、お仕置きだからね！」

「あぁン、先生、早く美紗をイカせて」

「そ、そんな……」

絶頂に達したばかりにもかかわらず、里菜はまだ物足りないらしい。その場でブラウスとスカートを脱ぎ捨て、ブラジャーを外して艶然とした眼差しを注ぐ。

性に対しての欲求と執着心は、さすがに双子の姉妹だ。

美沙はさらに恥骨をしゃにむに振り、ヒップが残像を起こすほどのスライドでペニスを嬲りたおした。

あだっぽい悩乱姿が心を掻きむしり、強烈な官能電圧に身がジリリと灼かれる。

「くッ、はッ！　ンっ、いい、イクっ、イクっ、イッちゃう！　イッ……く」

プリッとしたヒップが下腹をバチーンと叩きつけると、達郎は喉の奥から嗄れた声を絞りだした。

「あ、ぐ、イクっ、イッちゃうよっ！」

驚いたことに、里菜が手を伸ばし、膣からペニスを無理やり抜き取る。

ぶるんと弾け出た肉茎の先端から、濃厚な一番搾りが一直線に噴きだした。

「あ、おおぉぉっ」

身を引き攣らせ、迫りあがる欲望の塊を体外に排出すれば、陶酔のうねりが高波のごとく打ち寄せる。

里菜は噴出を続けるペニスに顔を寄せ、白濁液を唇や舌で受けとめていった。

ザーメンの勢いは衰えることなく、まっさらな頬や鼻筋を打ちつける。

美紗も汗でぬらつく裸体を反転させ、ひくつく肉筒にむしゃぶりつき、敏感な先端をペロペロと舐めまわした。

「おっ、ぐっ、くおぉぉおっ」

美少女姉妹が繰り広げるお掃除フェラが脳幹をさらに刺激し、脊髄に甘美な電流が走り抜ける。

「きゃンっ」

里菜が根元から先端に向かって指先をゆっくり絞りあげると、尿管内の残滓《ざんし》がぴゅんと跳ね上がり、美紗が小さな悲鳴をあげた。

「お、おふっ」

頭の中が飽和状態と化し、今は何も考えられない。

達郎はベッドに頭を沈め、恍惚の顔つきで荒い息を放った。

股間で弾けた快美がいまだに拡散し、筋肉ばかりか骨まで溶解させる。

まったりした肉悦に目を閉じると、ベッドが揺れ、頭上から姉妹の声が響いた。

「もう、私の許可なしでイッたらだめだって、言ったのに」

「美紗、するの?」

「当然っ。ちゃんと罰は与えないと」

どうやら、美紗と里菜は頭の両脇に座っているらしい。

再びベッドが軋み、細目で様子を探れば、むちっとした下腹部が視界に入った。

「先生、お口を開けて」

「……え？」

姉妹は片膝をついた姿勢から足を広げ、陰部を剝きだしにさせる。そして、女陰のあいだから覗く肉の垂れ幕をひくひくさせた。

（ま、まさか……）

別荘で目撃した留美子と佐伯の倒錯的なプレイが脳裏を駆け巡り、心臓の鼓動がいちだんと跳ねあがる。

「口を開けるの。先生は、これからずっと私たちの奴隷になるんだから」

「あ、あ……」

「わかった？」

「は、はい」

美紗の命令が鼓膜を揺らすや、萎えはじめたペニスに再び強靭な芯が注入された。

言われるがまま大口を開け、目をきらめかせてその瞬間を待ちわびる。

「あ、出そう」

「私も……先生、一滴残らず飲み干すんだよ」

期待感に身を震わせた直後、姉妹の秘割れから透明な液体がほとばしり、達郎の口腟をコポコポと満たしていった。

「あ、うぐっ、うぐっ」

美少女たちの清らかな聖水が五臓六腑に染みわたり、昂奮のボルテージが臨界点を突破していく。

「こぼしたら、またお仕置きするからね」

「やぁン、先生、おしっこ飲んでる」

二人が放つ言葉は対照的だったが、与える愉悦は少しも変わらない。

彼女らが見せる微笑は、男を苛んでいたときの留美子の表情とそっくりだった。

◉新人作品**大募集**◉

マドンナメイト編集部では、意欲あふれる新人作品を常時募集しております。採用された作品は、本人通知のうえ当文庫より出版されることになります。

**【応募要項】**未発表作品に限る。四〇〇字詰原稿用紙換算で三〇〇枚以上四〇〇枚以内。必ず梗概をお書き添えのうえ、名前・住所・電話番号を明記してお送り下さい。なお、採否にかかわらず原稿は返却いたしません。また、電話でのお問い合せはご遠慮下さい。

**【送付先】**〒一〇一-八四〇五 東京都千代田区神田三崎町二-一八-一一 マドンナ社編集部 新人作品募集係

# 双子《ふたご》の小《ちい》さな女王様《じょうおうさま》 禁断《きんだん》のプチ《ぷち》SM《えすえむ》遊戯《ゆうぎ》

著者◉諸積直人【もろづみ・なおと】

発行◉マドンナ社
発売◉二見書房
東京都千代田区神田三崎町二-一八-一一
電話 〇三-三五一五-二三一一(代表)
郵便振替 〇〇一七〇-四-二六三九

印刷◉株式会社堀内印刷所 製本◉株式会社村上製本所 落丁・乱丁本はお取替えいたします。定価は、カバーに表示してあります。

ISBN978-4-576-20068-2 ◉Printed in Japan ◉©N.Morozumi 2020

マドンナメイトが楽しめる! マドンナ社 **電子出版**(インターネット)……https://madonna.futami.co.jp/

Madonna Mate